九十九《つくも》書店の地下には秘密のバーがある

岡崎琢磨

ハルキ文庫

JN215371

角川春樹事務所

九十九書店の地下には秘密のバーがある

CONTENTS

1ST
TASK

『告白』

vodka 20ml
dry gin 20ml
creamed cacao 20ml

1

顔のない人に追いかけられる夢を見た。

五月の終わりにしては涼しい日だったけど、目覚めると汗をかいていた。枕元《まくらもと》のスマートフォンに手を伸ばす。時刻は午前十時。寝ついたのは四時過ぎだったから、よく寝たという感覚はない。

早朝に届いたメッセージが一件。幼なじみの寺本晴美《てらもとはるみ》からだった。

〈大丈夫！　佑《たすく》は賢いから、何とでもなるよ！〉

ゆうべは金曜日で、仕事終わりの晴美に誘われて食事をしたのだ。今日は土曜日なのだからゆっくり寝ていてもよさそうなものだが、彼女は早起きをしたらしい。僕はというと、この三ヶ月ほど、曜日とは縁のない生活を送っている。

ベッドから抜け出して顔を洗い、ダイニングへ向かう。週末のこの瞬間は気が重い。

リビングでは、母が掃除機をかけていた。僕の顔を見るなりスイッチを切って一言、

「おはよう」

四半世紀に及ぶ僕の人生の大半を、たった二人で過ごしてきた相手だ。《おはよう》の四音に込められた気遣いさえ、手に取るように伝わる。

「明け方まで本を読んでてさ。生活リズムがずれちゃって困るよ」

冷蔵庫の中の残り物を電子レンジに入れながら、僕は言う。責められてもいないのに、言い訳がましくなってしまう。本を読んでいたのは嘘《うそ》ではない。でも、だから眠れなかった、と言うと嘘になる。眠れないから、仕方なく本を読んでいたのだ。

「晴美ちゃん、どうだった」

「変わりなし。ていうか、先月も会ったばかりだし」

「そう。お母さん、昼から出かけるけど、佑は？」

「書店でも行こうかと思ってる。本読み終わっちゃったし、資格の本なんかもちょっと見たいしね」

母の気遣いが子に伝わるのだから、子の強がりだって母は承知だろう。何の資格、と問いただすような真似《まね》はせず、母は掃除機のスイッチを入れ直した。ゴミを吸う小気味いい音を聞きながら、自分の弱さや見栄も床に転がして吸い込んでもらえたら、なんてくだらないことを考えた。

2

まじめに生きてきた。少なくとも、自分ではそのつもりだ。

物心ついたときには父親はおらず、女手ひとつで育てられた。母は週五で働きつつ、親としての役割も抜かりなくこなした。友人から親の悪口や家庭に関する愚痴《ぐち》を聞かされるにつけ、自分の母親は立派なのだな、と思ったことは一度や二度ではない。

そんな母を困らせてはいけないという思いは、幼少期から頭の片隅にあった。聞き分けのいい子供を演じ、人には優しく、勉強にもちゃんと取り組んだ。高校は進学校に、大学は地元で一番の国立大学に入り、卒業後は半官半民の金融機関に就職した。倒産するおそれの少ない企業で生涯勤め上げ、華やかさはないが安定した生活を送り、人並みの幸福を享受する。自分の人生、きっとそんなところだろうという気がしていた。

……だけど。

僕は、無能だった。

とにかく誰かに指示されないと、何もできない。また指示されたことであっても、意図が正しく汲《く》めず見当違いの行動をしてしまう。「自分で判断しろ」と言われ、ビクビクしながらやったことはことごとく裏目に出た。「普通に考えたらわかるだろ」と怒られても、その普通というのがわからなかった。

大学までの勉強が、いかに楽だったかを思い知らされた。そこに判断などは必要なく、憶《おぼ》えて、学んで、模範解答に近づければそれでよかった。テストの問題を間違えたところで誰に迷惑がかかるわけでもなく、しかも高得点が取れれば人の称賛を受け羨望《せんぼう》されたのだ。仕事は違う。学んだ覚えのない問題は日常的に発生し、模範解答がない局面にも出くわし、うまくいったところで褒《ほ》められることはめったになく、たったひとつの失敗が多くの人に迷惑をかけてしまう。

取り返しのつかないミスをいくつも犯した。大事な書類をシュレッダーにかけてしまうなんて、フィクションの中だけでの出来事だと思っていた。勘違いから、客の問い合わせにでたらめを教えて大問題になったこともある。気がつけば、配属された支店を越え社内全体で、悪い意味での《名物新人》になっていた。笑い話として伝わることもあれば、軽《けい》蔑《べつ》や嘲《あざけ》り、さらにはストレートに非難の対象となることもあった。

それでも僕は耐えていた。決して難しい仕事を言い渡されているのではないとわかっていた以上、転職したところで状況がよくなるとは思えなかったからだ。そうして耐えていたら、だんだん考え方がおかしくなっていった。金融機関なので収支がどうとか、赤字とかマイナスとかそんな単語がいつも頭上を飛び交っていた。一日の終わりに、社員寮へと帰る道すがら、僕は必ず考えるようになった。ああ、今日も収支はマイナスだった。今日もミスをした。今日も叱《しか》られた。楽しいことはない。夢も希望もない。毎日、負債だけが溜《た》まっていく。今日も明日もあさってもマイナス。毎日、毎日、毎日――。

ただ生きているだけで、負債が溜まっていく。

生きれば生きるほど、どんどん溜まっていく。

返し方のわからない負債は膨らむ一方。命ある限り、負けが込んでいくだけ。

こんな人生、一日も早く終わりにしないと。

——終わりにしないいいいいと。


僕は、会社を辞めることにした。二年に満たない会社員生活だった。

就職を喜び、応援してくれた母に合わせる顔がなかった。本当なら会うか、せめて電話で退職を報告すべきだったのだろうけど、そんな気力も残っていなかった。だから僕はメールを送った。会社を辞めました。がんばろうと思ったけどだめでした。実家に帰りたいです。ごめんなさい。

母からは、次のようなメールが返ってきた。

〈お疲れさまでした。また一緒に暮らせるのを楽しみにしています〉

僕は、この人には一生、頭が上がらないなと思っている。

3

昼下がり、母が出かけるのを待って、家を出た。

空は嫌みなくらい晴れていた。五月晴れ、という単語が頭に浮かぶ。元々は、陰暦五月の梅雨の晴れ間を指す言葉だったっけ。

自宅から徒歩で十分少々、最寄り駅を目指して歩く。駅前のロータリーから一本入った裏通りに、小さな書店があるのだ。宣言したからには、行っておかないと具合が悪い。もっとも資格云々《うんぬん》は単なる方便で、実際には取りたい資格なんてなかった。

昨晩のことが、唐突に思い出される。

「──まーだ落ち込んでるの？　入社二年で転職なんて、よくある話だって」

ねぎまの串《くし》を豪快にほおばる晴美の、朗らかな声が耳によみがえった。

僕らは生まれ育った楠田《くすだ》の町の、交通の要である楠田駅前の焼き鳥屋にいた。生ビール一杯三百円という、良心的な価格設定のお店だ。僕を誘うとき、晴美が気を遣っていつも安めの店を選んでくれていることは知っていた。退職後に初めて会ったときなどは、《無職祝いだな》と茶化しつつ全額おごってくれさえした。

幼いころから明るくて気が強く、近所に住む僕のことを子分のようにしたがえていた晴美は、いまでは県の職員として多忙な毎日を送っている。それなりに疎遠な時期もあったけれど、僕が会社を辞めて実家に戻ってからというもの、しばしば飲みに誘ってくれるようになった。楠田は県下随一の繁華街からそう遠くない、典型的なベッドタウンだ。地元には遊び相手がいないから、佑が帰ってきてくれてちょうどよかったよ──彼女はそんなことを言って笑う。

「前の会社は、佑には合わなかったってだけじゃん。次の仕事、探せばいいよ」

「まあ、そうするしかないんだけどさ」

肩身のせまい思いをしながら、僕は豚バラを一切れずつ口に運んでいた。

晴美との関係性は、根本的には子供のころから変わっておらず、僕が新たな職を探さないでいることも彼女にはすでに吐かされていた。ただし仕事を辞めた原因については、はっきりとは伝えていない。幼なじみとはいえ異性である彼女の前では、ほんのひとかけら残った自尊心がみじめな感情に覆いをするのだ。だから、うまくいかなかった、というあいまいな言葉でお茶を濁していた。

「どんな仕事なら自分に合ってるのか、全然わからなくて」

「そうだねえ……好きなことを仕事にする、って柄じゃなさそうだしね」

クリエイターとかパフォーマーとか、そういった職業を指しているのだろう。確かに柄じゃない、と思う。

「佑の長所を生かせそうな仕事、何があるだろ」

「そもそも僕の長所って何?」

「そりゃあ、飲みたくなったときにいつでも空いてるとこ」

晴美はケラケラ笑っている。たぶんちょっと酔っている。

「冗談はさておき、やっぱり頭いいところじゃない?　立派な大学出てるんだし」

「頭がいいっていうか、勉強が苦にならなかっただけだよ」

「あ、じゃあ資格の勉強したら？　それこそ佑に向いてそう」

鼻面を指差され、そのときはなるほど、と思ったのだ——思っただけで、具体的な何かを思い浮かべたわけではなかったけれど。

資格なあ、と悩んでいるうちに、楠田駅前のロータリーに着いた。ここまで知り合いに会わずに済んで、とりあえず安堵《あんど》した。

楠田駅はそれほど利用客の多い駅ではないが、まわりには飲食店のほかにもコンビニや美容院、銀行などがひととおりそろっていて、地域の住民にとっては交通の要であるだけでなく生活の拠点でもある。駅前再開発の噂《うわさ》はあるものの実現する気配はなく、子供のころから慣れ親しんだのとさほど変わらない景色がいまも広がっている。

ロータリーから延びる細道に入るだけで、駅前のにぎやかさはすぐに遠のく。書店はそんな道を数十メートルほど進んだ先に建つ、小さくて古びた建物の一階にある。店名を『九十九《つくも》書店』といい、チェーン店ではなく個人経営のお店だ。無機質でどことなく寄りつきづらいお店、という子供のころのイメージが強かったので、僕は実家に戻ってからの数ヶ月、一度も訪れていなかった。

そんな九十九書店の前で、僕は立ち止まる。店の外、入り口のガラス扉の両脇には雑誌のラックが置かれている。これは、店内の売り場面積のせまさをカバーするためだろうか。

日に焼けないかと心配になるが、どうやら北向きのようで直射日光は当たっていない。

いい本との出会いがあるといいけど。そう思いながら僕は、ガラス扉を押し開けて九十九書店へ足を踏み入れた。

そして、テレポーテーションでもしたか、という錯覚に陥った。

白色の蛍光灯が煌々《こうこう》と点り、壁一面に設えられた棚という棚にぎっしり本が並んだ、僕が無機質だと感じたかつての九十九書店は大きく変貌《へんぼう》を遂げていた。暖色の電球に照らされた店内は昼でもゆったりと落ち着く薄暗さで、本棚はナチュラルな木材を使った温かみのあるものに一新されている。店内のあちこちに〈地元が舞台の小説特集〉や〈本のお供にコーヒーはいかが〉などと記されたポップが掲げられ、まわりにはその趣旨に沿った本が、判型を問わず並べられていた。

これまで僕が利用してきた、どの書店にも似ていない。このお店がこんな風に変わっていたなんて、全然知らなかった。いつの間に、変わったのだろう。

入店するや否や、僕はあっけに取られて立ち尽くしてしまった。そんな僕に、声をかけてくる人がいた。

「何か、お探しですか」

首を横に回すと、レジカウンターに女性店員が立っていた。

雰囲気から察するに、三十代半ばくらいだろうか。ウェーブのかかった黒髪を、後ろでひとつに束ねている。垂れ下がった目とぽってりした唇、丸みを帯びた鼻が優しげだ。生成りのエプロンの胸元に、〈九十九〉というネームプレートが留められていた。この書店の経営者一族のようだ。その顔に、見覚えはない。

「えっと、資格の本はどこかなと……」

どぎまぎしつつ、僕は答えた。われながら、ざっくりとした返答である。

九十九はカウンターから出てきて、そろえた指先で僕をうながした。

「ご案内します」

あまり広いお店ではないから、すぐに一番奥まで行き着く。そこに資格試験関連の本のコーナーはあった。品ぞろえは豊富とは言えなかったが、数が多ければいいというものでもないだろう。いかんせん、僕はこの国にどんな資格があるのかさえもよく知らない。

礼を言い、目についた本を手に取ってパラパラめくる。しばらく経《た》って振り返ると、九十九はまだ僕の背後に立っていた。何というか、やりにくい。

「あの、もう大丈夫なんで」

僕は九十九を遠ざけようとした。ところが、彼女はそれを無視して訊《たず》ねた。

「お客さん、もしかしてお仕事を探していらっしゃるんですか」

これには面食らった。口調がおっとりしているからか、不快とまでは感じない。だが、ずいぶん踏み込んだ質問だ。

「ええ、まあ」

正直に答える筋合いはなかったのだが、驚き呆れる気持ちが勝り、適当な嘘を思いつかなかった。九十九はお腹《なか》のあたりで手を組んでかしこまり、こんなことを告げた。

「では、今晩九時にもう一度、うちのお店にいらしてくださいませんか」

「は？」

「あなたにお仕事を、提供できるかもしれません」

一瞬、何を言われているのか理解できなかった。

「……バイトの面接、ってことですか」

店内を見回す。バイト募集の張り紙などは見つけられない。

九十九は意味ありげな微笑を浮かべた。

「そういうのとは違いますから。うちの《仕事》は」

と言われても、どう受け止めていいかわからない。

店内にはほかにも客がいて、コミックを手にレジへ向かおうとしていた。その姿を認めると、九十九は足早に僕のもとを去っていった。

――彼女、何をたくらんでいるんだ？

それからも僕は別の資格の本を開いてみたりしたけれど、おかしな誘いが気になって、目はページの上を滑るばかりだった。あきらめて、何も買わずに店を出る。

扉の外に立ったところで一度、店内を顧《かえり》みた。ガラス越しに目が合った九十九は微笑を浮かべていて、なぜだか僕は背筋に薄ら寒いものを感じた。

4

「どこ行くの。こんな時間に」

こっそり家を出ていくつもりだったが、母に見つかった。自宅は2LDKのアパートである。手狭だとは思わないが、同居人の目が届かないほど広くもない。

「仕事を紹介してくれるって言う人がいるんだ。行って、話だけでも聞いてみようかと思って」

昼間、あの女性店員に言われたことがどうも気になって、僕はその晩、九十九書店へ行ってみることにした。現在の時刻は午後八時四十五分。いまから出発すれば、急がなくても九時には間に合うだろう。

「まあ、仕事。大丈夫なの？」

母は心配そうにしている。僕がちゃんと働けるのかという意味と、こんな時間に呼び出すような相手の持ちかける仕事は怪しくないのかという意味のどちらか、あるいは両方か。

「僕もまだ、詳しくはわからないんだよ。とりあえず誘われたって段階でさ」

なおも母は顔を曇らせていたが、僕も子供ではないので引き止められはしなかった。

服装の指定はなかったので、昼間と同じ普段着で、スニーカーに足を突っ込んで爪先《つまさき》をトントンとやる。そこで思い立ち、母に訊《き》いてみた。

「駅の近くの九十九書店、ずいぶん変わったね」

「そうそう。今日、行ってきたの？」

「うん。女の人が店に立ってたけど、あれ誰？」

「さあ、よく知らないけど」

母は頬《ほお》に手を当てる。

「一年くらい前に改装したのよね。同じタイミングであの女の子が店に立つようになったから、娘さんが家に戻ってきたんじゃないかしら」

僕から見ると《年上のお姉さん》でも、母に言わせれば《女の子》らしい。

「九十九さんとこ、娘なんていたっけ」

「どうなのかしらね……なに、あなたまさか、ひと目惚《めほ》れでもしたの」

「ひと目惚れ、って——」

美人だものねえ、と母はしみじみ言うが、勘弁してほしい。彼女とは、たぶんいまから会うのだ。よけいな刷り込みをされたくない。

逃げるように、家を出た。

駅へと向かう足取りは、決して軽くはなかった。何よりも、仕事というものへの恐怖心がある。けれどまあ、難しそうなら断ればいいだけの話だ。それでも求職中だというポーズは作れる。卑しいけれど、僕はそれが母や晴美に対する体面になると考えていた。

九十九書店は夜八時までの営業だが、呼ばれたのだから店の明かりはついているものとばかり思っていた。ところが、着いてみるとガラス越しに見える店内は真っ暗だ。当然、人の気配はない。

しばらく店の前をうろうろしたり、ガラスに張りついて中をのぞき込んだりしてみたが、変化はなかった。もしかして、からかわれたのか？　胸の内側で不安が膨らむ。

気づけば約束の九時を過ぎていた。やはり、そんなに簡単に仕事が見つかるはずないか。僕は肩を落としつつ、一方でほっとしたりもしつつ、九十九書店に背を向けて帰ろうとした。

そのときだ。

「──待って」

声がした。反射的に振り返る。

「ごめんなさい、時計を見るのが遅れてしまって。来てくれたのね」

九十九が立っていた。昼間と同じパンツルックで、ただエプロンの色だけが変わっている。生成りだったはずだが、いまは夜の闇のせいではなく、真っ黒だ。

「どこから現れたんですか。ついさっきまで、いませんでしたよね」

僕は狐《きつね》に化かされたような心境で訊ねた。書店のガラス扉が開かないのは確認済みだ。道路など外からやって来たのなら、声をかけられるより先に気がついただろう。

九十九は微笑《ほほえ》み、背後の空間――九十九書店のすぐ脇に空いた穴を指差した。

「ここ。階段になってるの」

のぞき込む。古びた細い木の階段が、下に向かって延びていた。

こんなところに、地下があったなんて。九十九は僕の驚きを見透かしたように、

「いつもはドアが閉まってるから、見られないのよね」

「でも、ドアを見かけた覚えすらないです」

「それは、書店の営業中はここに雑誌のラックを置いてるから」

言われてようやく腑《ふ》に落ちた。確かに昼間、ラックを見た。その裏側に、ドアが隠されていたのか。

「この下、何があるんですか」

「気になる？　じゃあ、ついてきて」

そう言って、九十九は階段を下りていった。僕はそれにしたがう。

下りた先には、重厚そうな木の扉があった。板チョコを連想させる、規則正しく並んだ正方形の彫刻が特徴的だ。

正面に、小さなプレートが埋め込まれている。見た感じ、そこだけが新しかったので、

比較的最近になってつけられたものと思われた。顔を近づけ、刻まれた文字を読む。

〈BAR TASK〉

「バー・タスク……?」

タスクバーならパソコン用語だ。前後を入れ替えると、これは『タスク』という名前のバーだろうか。その日の仕事を終えて訪れるイメージのあるバーに、《仕事《タスク》》という店名はあまり似つかわしくない。

「ここ、バーなんですか」

「そう。私がやってるの。正確にはうちの書店が、ね」

昼とは違い、九十九の口調は砕けている。いまは書店員と客の関係ではない、ということか。

彼女が引いて開けた扉に、僕は体を滑り込ませた。

そしてまたしても、テレポーテーションでもしてしまったか、という錯覚に陥ったのである。

中はオーセンティックという表現がよく似合う、瀟洒《しょうしゃ》なバーになっていた。カウンターのみで七席、奥の棚には洋酒の瓶がずらりと並び、壁には自動車や女性の顔などを描いた、洋風のレトロなイラストを収めた額が複数飾られている。二人の先客がいて、新しくやってきた僕に遠慮のない好奇の視線を向けていた。

なるほど九十九書店とひとつながりのような印象を受ける。さすがに書店のほうが明るいが、照明や内装の雰囲気は通じるものがある。棚に並ぶのが本かお酒かの違いだけ、といった感じの造りだ。

「お好きな席にどうぞ」

九十九は言い、カウンターの内側へ入る。お好きな席と言われても、先客もいるので選択肢は多くない。一番手前の椅子《いす》に腰を下ろした。

「知りませんでした。楠田にこんな、素敵なバーがあったなんて」

僕はまだ店内を見回している。会社員時代にも、バーなんてめったに来なかった。正直、落ち着かない。

「まだ、オープンして一年なの。このあたりでも知らない人は多いわ」

謙遜《けんそん》なのか、九十九はうふふと笑っている。

「何、飲む？」

「あの、でも僕、お金はあんまり……」

恥を忍んで、僕は言った。バーに慣れていないので、一杯いくらぐらいするのかもわからなかったのだ。それに、そもそも僕は仕事が欲しくてここへ来たのであって、酒を飲みに来たのではない。

するとニつ離れた席に座っていた男性客が、こちらに首を伸ばして笑った。

「こいつはいかにも、《仕事》が必要そうな兄ちゃんだな」

何となく失礼なことを言われたような気がして、僕は男性客を見返した。

成人男性にしては長めの髪に、ところどころ白髪が交じっている。ブラウンのジャケットやベージュのパンツは一見してお洒落《しゃれ》な印象。会社員っぽくはないが、では何の職業かと問われると見当もつかない。

男性客はカウンターのほうにあごをしゃくる。

「いいから好きなものを頼みなよ。この人、自分で呼んだ客からは金取らないんだ」

「えっ、いや、そういうわけには」

僕はとまどった。いきなりタダで飲めると言われても、警戒心が先に立つのは当然だろう。

こういう反応には慣れっこなのか、九十九は泣く子をなだめる親のような声音で言った。

「大丈夫。そのぶん、ちゃんと《仕事》をしてもらうから」

……笑顔が怖い。だが、嫌とも言えない空気だ。

仕事というからには、グラスでも洗うのだろうか。まあ一杯分の料金なら二時間も働けばじゅうぶんだろう。とりあえず、流されてみることにした。

「えっと、それじゃビールを」

　カクテルもウイスキーも詳しくないし、お金を払わないのにメニューを見せてくれと言うのも抵抗がある。僕がビールを注文すると、九十九はカウンターに設置されたサーバーを操作して、くびれのあるグラスにビールを注《つ》いでくれた。黄金色の液体と泡の配分が理想的で、うまそうだ。

　店にいた四人で、乾杯をした。ビールが喉《のど》を通過する瞬間のほどよい香ばしさと清涼感は、日々のくだらない感傷を洗い流してくれるようだ。先の男性客はウイスキーらしきものをロックで、一番奥の席に座る妙に色っぽい女の子はきれいな青色のショートカクテルを飲んでいる。九十九のグラスの中身は……あれは、ミルクだろうか。

「さて、あなたのお名前は？」

　飲み始めるが早いか、九十九から訊ねられた。そういや、まだ名乗ってもいない。僕は咳払《せきばら》いをして、自己紹介を始めた。

「長原《ながはら》佑といいます。歳《とし》は二十五。三ヶ月前まで会社員でしたが、故あって辞め、現在は無職です。ここからほど近い実家に住んでいて……そんなところでしょうか」

「あらあら、ずいぶんおもしろみのない自己紹介ねえ」

　九十九の遠慮のない言葉は、僕の心にグサリと刺さった。

「兄ちゃん、タスクっていうのか」

と、男性客が僕の名前を繰り返した。

「はい。にんべんに右で佑です」

「ははは、こりゃ傑作だ。タスクに仕事《タスク》を求めてやってきた佑くん、というわけか」

呵々《かか》と笑うが、そんなにおもしろいだろうか。少々の奇縁は感じないでもないが。さてはこのおじさん、酔ってるな。

「申し遅れた。俺の名前は里中淳之介《さとなかじゅんのすけ》。すぐそこで小さい会社やってる。よろしくな」

手を差し出されたので、握手には応じた。先ほどまで結露したロックグラスを持っていた右手は、少し濡《ぬ》れていた。

「それから、こっちは遠山未来《とおやまみらい》ちゃん。いい女だろ」

里中は続けて上半身を反《そ》らし、奥にいた女の子を紹介した。未来と呼ばれた女性はグラスを持ち上げ、こちらに向かって妖艶《ようえん》に微笑む。

九十九が人好きのする美人なら、こちらは高嶺《たかね》の花タイプといったところか。涼しげな目元につんととがった鼻、唇は外側に向かってきれいに上がり、しかも濡れているように見える。明るい茶髪をまっすぐに下ろし、丈の長いシルバーのドレスのような服を召していた。

芸能人と言われても疑わない整った容姿に、図らずも見とれてしまった。すると里中が、僕の肩を叩《たた》く。

「何、硬くなってんだよ。彼女、兄ちゃんより年下だぜ」

「ちょっと里中さん、勝手に年齢バラさないでくれる」

初めて聞いた声は、想像していたよりもハスキーだった。聞く者をぞくりとさせる、独特の色気がある。

「そうなんですね。ずいぶん大人っぽいなって……」

「それって、老けてるってこと？」

未来が突っかかってくる。僕はたじろいだ。

「いや、そうじゃなくて。あの、お仕事は何されてるんですか」

慌てて話題を変えてみたものの、

「フリーター。悪い？　無職よりかはましでしょう」

未来は吐き捨てるように言い、煙草《タバコ》をくわえて火を点《つ》けた。完全に機嫌を損《そこ》ねてしまったようだ。僕は肩を縮めた。

「二人はうちの常連さんだから、仲よくしてね。——じゃあ、トリは私」

僕らのあいだに走った緊張など歯牙《しが》にもかけず、九十九は話を引き取った。

「姓は九十九、名はトワコ。昼は九十九書店で本を売り、夜はこのバー・タスクでシェイカーを振っています。以後お見知りおきを」

彼女だって、べつだんおもしろみのない自己紹介だ。あえて情報を最少にした印象すら受ける。

訊きたいことは山ほどあった。まずはこの秘密めいたバーについて質問する。

「こちらのお店は、九十九さんが始めたんですか」

「トワコでいいわ。そのとおり、私がやってみたくて開いたお店なの」

「ではタスクって店名も、トワコさんがつけたんですね。バーにしては変わってる気もします……まあ、同じ名前の僕が言うのも何ですけど」

するとトワコさんは眉間《みけん》にしわを寄せた。

「私の名前、十八の子、と書いてトワコと読むのよね」

九十九、十八子《とわこ》。何だかすごい字面《じづら》だ。思い浮かべていたら、ピンときた。

「《9＋9》で、十八ってことですか」

「お。兄ちゃん、意外と鋭いな」

里中が褒めてくれたので、調子づいて話す。

「《足す9》、ってことですよね。その《たすく》を、仕事を意味する《タスク》とかけた、と」

「そうなの。自分の名前を使いたかったんだけど、そのまま《トワコ》だと、場末のスナックみたいでしょう。だからちょっとひねって、ね」

このオーセンティックな内装に、《スナックトワコ》では違和感がありすぎる。それならタスクでまだよかったのかもしれない。

「ほかにも訊きたいことがあるんです。どうして昼間、僕が仕事を探していることを見抜いたんですか」

トワコさんは、記憶を探るように斜め上を見た。

「書店にいてお客さんを見てると、けっこういろんなことがわかるものなのよね。ああこの人は結婚が決まったんだなとか、この人は犬を飼い始めたんだなとか。この人は本気で殺したい相手がいるんだな、なんてことも」

……おお、怖い。さらっとそういうことを言わないでほしい。

「佑さんの場合、特定の資格の本を求めているわけではなさそうだった。それならナントカという資格の本を探している、と明言するはずだものね。にもかかわらず、手に取っていたのは趣味というより仕事になる資格に関する本だった。だから、仕事を探しているのかなって思ったのよね」

優れた洞察力だ。もっとも、客としてはあまり発揮されたくないものだが。

疑問はまだある。そして、ここからが本題だった。

「仕事をくれるって言いましたよね。それって、どんな仕事ですか」

トワコさんはミルクを喉に流し込んだあとで――お酒は飲まないのだろうか？――僕の両目を、正面からじっと見すえた。

「佑さん、何か悩みがあるんじゃないかしら」

ずいぶん漠然とした質問だ。こちらの問いに対する答えにもなっていない。

「働かないと、という意味では悩んでいますけど」

「もっと深い悩みよ。人生の悩み」

「『生れ出づる悩み』、ってやつだな」

里中が急に割り込んできた。

「何でしたっけ、それ。聞いたことあるような……」

「有島武郎《ありしまたけお》の小説だよ。芸術家になれない人間の苦悩を描いた作品だ」

書店が経営するバーだけあって、ここに集まる客は読書好きが多いのだろうか。僕は、かぶりを振った。

「芸術家志望とは、むしろ対極っていうか……会社員としての一生を全うしたかったんです、僕は。でも、できなくて」

トワコさんがその先を聞きたがっていることが、気配で伝わった。

初対面の相手に話すような内容なのかはわからなかった。けれども実社会で接点のない人たちであるという気安さ、ある意味での無責任さが、そしてグラス一杯分のビールが、僕の口を軽くしていた。気づけば僕は、就職したもののまったく仕事ができなかったこと、ふさぎ込んで会社をやめてしまい、恐れから次の仕事も探せずにいることを打ち明けていた。

「……と、いうわけなんです」

「要するに」未来が火の点いた煙草の先端で、こちらを指す。「佑さん、自分に自信が持てなくなったのね」

そんなに単純な話なのだろうか。自分に自信が持てないことは、確かなのだけれど。

「大変だったわねえ」

トワコさんは同情的だ。頼んでいないのに、二杯目のビールを注いでくれた。

「それで、資格の本を探してたのね」

「はい。昨日会った友達に、資格の勉強したらって言われて」

何の気なしに言ったら、未来が食いついた。

「友達って、男？」

「いや、女友達ですけど……」

「やっぱり。名前は？」

「聞いてどうするんですか」

「どうもしない。いいから教えなさい」

有無を言わさぬ口調だ。どうせ興味本位だろうにと思いつつ、僕は口を割った。

「友達の名前は、寺本晴美。ただの幼なじみで、付き合ってるとかじゃないですよ」

「でも兄ちゃん、ちったあ気があるんだろ」

今度は里中がひやかしてくる。たまらず僕は席を立った。

「違いますって！」

そのまま店の入り口のほうへ歩き出す。トワコさんが、乱れぬ声色で問うた。

「佑さん、もうお帰り？」

「トイレに行くだけです！」

尿意もあったが、それだけではない。根掘り葉掘り訊かれる流れを断ち切って、いったん冷静になりたかったのだ。

トワコさんは突然、未来を指差した。

「未来さんが、どうかしたんですか」

「トイレはあっち」

見ると、未来の背後に扉が見える。間違えたことの恥ずかしさも加わり、僕は逃げ込むようにしてトイレに入った。

数分で用を足し、席に戻る。心は鎮まった、と思う。その間も三人は何ごとかを話していたようだったが、トイレにいたので内容までは聞き取れなかった。

僕が椅子に座るのを待って、トワコさんはカウンターに身を乗り出してきた。思いがけず顔が近づいてどきりとする。

「佑さん。さっき未来ちゃんも言ったように、いまのあなたに必要なのは、自信を回復することだと思うの」

「はあ」

いきなり何を言い出すのだろう。

「でね、ひとつ確認したいんだけど。佑さんはそのお友達のこと、本当に何とも思ってないの？」

まだその話かとうんざりしながらも、正面切って訊かれると返答に窮してしまった。思ってませんと答えれば、嘘になるからだ。

「晴美とは長い付き合いなので、いろいろと思うところはありますけど……」

歯切れの悪い返事をしていると、未来が吐き出す煙とともに言った。

「いいから好きって認めちゃいなさいよ。イライラする」

「未来ちゃん。ちょっと黙っててね」

とたん、トワコさんの制止が入った。笑顔なのに、背筋が冷えるような迫力がある。

「……はい」

未来は身を震わせた。勝ち気に見える彼女も、トワコさんにはかなわないらしい。

それでタスクの店内から、茶化すような空気が失《う》せた。またしても、僕の口は不思議なほど軽くなる。

「好きか嫌いかで言ったら、好きですよ。だけど恋愛対象としてというより、憧《あこが》れに近いんだと思います」

小さいころからしっかりしていて、頼りない僕の手を引いてくれた晴美。大人になっても、だめな僕を元気づけようと食事に誘ってくれる。

「ずっとそういう距離感で付き合ってきたし、今後も変わらぬ関係をお互いが望んでいる気がします。いずれにせよ、いまの僕は恋愛なんかにうつつを抜かしてる場合じゃないんです。最低限、やるべきことをやってからでないと……」

「でもその、やるべきことをやるための自信が持てないでいるわけでしょう？」

「う」

痛いところを突かれた。未来が腕組みをし、ため息交じりに言う。

「友への秘めたる恋、ねえ。なんか、童貞みたい」

「ど――」

絶句。妙齢の女性が、何ということを。

「そのお友達、恋人はいないのね」とトワコさん。

「いまは、いないはずです」

「そんないい子、モタモタしてるとほかの男にさらわれちまうぞ。漱石《そうせき》の『三四郎』みたいに」

　あれはラスト一文がいいんだよなあ、と里中は言う。彼はどうも近代文学が好きなようである。

　未来は文学の話なら負けないとばかりに、

「近くにいるのに発展しない恋といえば、川上弘美《かわかみひろみ》の『センセイの鞄《かばん》』なんてどう」

「未来ちゃんは相変わらず、女性作家が好きだねえ」

　里中が応じれば、トワコさんも口をはさむ。

「あれは素敵な小説だけど、男性目線だと老いらくの恋でしょう。佑さんに当てはめるのはどうなのかしら」

　この人たちの会話、いつもこうなのだろうか。僕はついていけるか不安になってきた。

「でもさ、佑さんの場合は結局、好意を打ち明ける度胸がないから理由つくろってるだけでしょう」

　未来のもの言いに、僕はすかさず抗議した。

「そんなことありません。打ち明けたいと思ってないんだ」

「じゃあ、もしその友達が佑さんのこと好きだったらどうするの。無職でもいい、わたしが面倒見るから――とか言われたら、やっぱり付き合うんでしょ」

「う」

この人たち、痛いところを突いてきすぎじゃないか。

「それは……僕ごときが断るなんて、忍びないですし」

未来は紫煙を、席の端から端まで届くほど長く吐き出した。

「佑さんと話すの、ほんと疲れる。素直になればいいのに」

「疲れるのならほっといてくださいよ。こちらからは何も頼んでないでしょう」

「まあまあ……でも、そういうことなら決まりね」

トワコさんは、ぱちんと手を打ち合わせた。

「決まりって、何が」

引っかかったのは僕だけだったようだ。里中も未来も、何やら心得顔である。

「何がって、仕事よ、仕事」

そう言われて思い出した。僕はここに、恋愛相談をしにきたわけではないのだ。

「僕の仕事、いま決まったんですか」

トワコさんはうなずく。人差し指を立て、にっこり笑った。

「よく聞いて。佑さんの仕事はね——」

5

出会ったばかりの赤の他人に、僕の何がわかるというのか。

僕だって、未来が眉《まゆ》をひそめるような自分の性格に、まったく無自覚なわけじゃない。優柔不断で、言い訳がましくて、そういうところが仕事にも悪影響を及ぼしたのだろうという反省もある。

このままの自分でいい、なんて思っちゃいない。最近読んだ心理学の本によれば、性格から行動が生まれるのではなく、行動が性格を決めるのだそうだ。理解できる面もある。なるほど優柔不断も、言い訳がましさも、行動によって矯正していくことは可能だろう。

でも——ならば《自信がある》という性格になりたいとして、いったいどんな行動をすればいいのか？

振り返れば、僕の人生は自信のなさで形成されてきた。まじめに生きてきた。勉強も一所懸命やった。優秀とされる大学に入り、立派とされる企業に就職し、世間すなわち他人の価値判断の規準に支配されることに何の疑いも抱かなかった。主体性がない、というのとは少し違うと思う。自分の判断に自信が持てなかった僕にとっては、一般的らしく見える価値観にしたがうことが主体性そのものだった。

それを、いまになって自信を持てと言われても、どうしたらいいのかわからない。どんな風に判断し、行動すればそうなれるのか、見当もつかない。《自信を持て》と他人に言えるくらい、自分の判断の正しさに自信を持っている人にはわかるまい。僕のことをよく知りもしない赤の他人に、簡単に解決できると思われるのは心外なのだ。なのに——。

どうして僕は、あの人の言うことを聞こうとしているのだろう。

楠田駅前のロータリーには、待ち合わせにおあつらえ向きの噴水がある。そのへりに腰かけてため息をついていると、改札の方角から声がした。

「佑！」

立ち上がる。現れた晴美に、僕は小さく手を振った。

「ごめん、急に呼び出して」

「ううん、いいけど……めずらしいじゃん、佑から誘ってくれるなんて。しかもこの前会ったばっかだしさ。何かあったの」

いつもはオフィスカジュアルといった感じの服装であることが多いが、今日の晴美はグレーのパンツスーツを着ていた。インナーが襟つきのシャツではなくカットソーなので、堅苦しい印象はない。

これまで極力意識しないように努めてきたことだが、あらためて見るとかわいいな、と思った。トワコさんや未来のようなわかりやすい美人ではないけど、はつらつとしていて思わず近寄りたくなるような魅力がある。

金曜日に会ったばかりで、呼び出したのは次の火曜日の夜である。驚かれ、心配されるのも無理はない。でも、時間をかけるほど決心が鈍ってしまいそうな気がした。僕は元々、やらなきゃいけないことが頭にあると楽しく遊べない気がして、夏休みの宿題をさっさと終わらせるタイプの子供だったのだ。

「何かあった、ってわけでもないんだけどさ。たまにはこっちからも誘おうと思って」

気の利《き》いたことを言いたかったが、そんな余裕はなかった。首をかしげる晴美に背を向け、ぎこちない動作で歩き出す。

芸がないけどほかにいい店を知らないので、金曜日と同じ焼き鳥屋に入った。スーツににおいがついてしまうのでは、ということを気にしたのは、テーブル席についてからだった。

「晴美に言われて、資格のこととか考え始めたんだ」

最初はこの話をしよう、と決めていた。呼び出した以上、まずは相談でもあるような顔をするのがいいと思ったのだ。

晴美はビールジョッキの陰から目をのぞかせる。

「お、進展あったんだね。それはアドバイスした甲斐があったよ」

「まだ具体的に目標を定めたわけじゃないんだけどさ。それで、考えてみたら晴美も県の職員だし、公務員試験を受けた口だよなと思って。どんな感じで勉強してたのか、聞かせてもらえるとありがたいんだけど」

すると、ほんの一瞬——気のせいかと思えるほどに短いあいだだったが、晴美は心配事でもあるみたいに眉根を寄せた。

「佑、県の職員を目指してるの？」

「いや別に、そういうわけじゃないんだけど……」

「前職も公務員に近いところあったんだよね。それで本当に大丈夫なの」

直截《ちょくせつ》に言われ、反応に困った。実際のところ、僕は公務員になろうなんて考えてもいなかった。いまの話は、晴美を呼び出した口実として用意したに過ぎなかったのだ。どちらかといえば彼とはいえ晴美が、明確に否定的な立場を取ったのは予想外だった。

女は、僕が足を踏み出そうとしているのであれば応援してくれるだろうと思っていた。

出鼻をくじかれた。僕がまごまごしていると、晴美は慌てたように言葉を継いだ。

「わたしは学生のときにはいまの仕事を志望してたから、独学でも何とかなったけど、佑は目下働いてなくて時間もあるわけだし、予備校に行くって手もあるかもね。職種によっては受験者の年齢の上限もあるし、早く合格するに越したことはないから」

「あ、うん……ありがとう、参考になるよ」

上っ面で滑っていく会話をしながら、僕は晴美の見せた厳しさの理由を探していた。

彼女は学生時代から、県の職員を目指していたという。いまの境遇は、いわば目標を実現した形だ。

一方で僕は音を上げて会社を辞め、自信をなくしたところから次の仕事を探している立場だ。そんな相手に「きみと同じ職を目指そうと考えている」なんて言われたら、それは腹が立つかもしれない。きみの仕事なら自分にもできそう、と言われているように聞こえるだろうから。彼女はそこに至るまでにも、また働き始めてからもずっと、さまざまな苦労をしてきたに違いないのに。

配慮の足りない言葉で、晴美の気分を害してしまった。だめな自分がつくづく嫌になる。

僕は自責の念を募らせ、気がつけば晴美にこんなことを訊ねていた。

「晴美はどうして、実家に戻った僕を誘ってくれるようになったの」

「どうしてって？　同情したから誘ってる、なんて答えが聞きたいわけじゃないよね」

後半は冗談めかして、晴美は言った。ピーマンの串を、つかんだきりなかなか食べようとしない。

「何ていうか、僕といて楽しいのかなって。仕事も辞めちゃって、次の行動も起こせないままで、いまの自分は正直情けないというか、人としての魅力がないと思うんだ。そんな僕と一緒にいて、晴美は何か得るものがあるのかなって」

伏し目がちにしゃべっていたら、ガタンと大きな音がした。

晴美がジョッキの底を、テーブルに叩きつけたのだ。ビールがジョッキの外にこぼれ、彼女の手の甲を濡らした。

「聞き捨てならない」

彼女は眉間に力を込めてこちらをにらんでいる。僕はあぜんとした。

「わたしは別に、いい学校に行ってるからとか、いい会社に勤めてるからとか、佑のそういうところが好きで友達だったわけじゃない。佑は、佑だからいいんでしょう。ステータスなんて関係ないよ」

昔から彼女にはこういう、まっすぐな正義感に満ちたところがあった。それがかっこよくて、だから恋心よりは憧れを持って接していたというのは本当だ。

だけど、いまとなってはその感情を峻別《しゅんべつ》する意味はないのかもしれない。

――土曜日の夜、バー・タスクでトワコさんに課された《仕事》とは。

「佑さんの仕事はね――そのお友達に告白すること」

言い放ったトワコさんに、僕は初め、強い拒絶を示した。

「は、はあ？　嫌ですよ、そんなの。だいたい、いまの僕なんかに告白されても、彼女にしてみれば迷惑なだけでしょう。下手したら、優しさにつけ込もうとしているとすら思われるかもしれない」

けれどもトワコさんは取り合ってくれなかった。

「《いまの僕なんか》というのはつまり、仕事もしていない自分ってことよね。じゃあ、仕事さえしていれば告白できるの？」

「いや、そんな単純な話ではないですけど……」

「いまの佑さんには、自分にも何かを成し遂げられるという自信が圧倒的に欠けてる。そんな佑さんがもし、好きな人に好きと伝えることができたら、それは大きな自信につながると思うの。告白というのは、とても勇気のいる行動だから」

「納得できません。失敗して、ますます自信を失くすだけですよ」

「発想を切り替えましょうよ。万が一、告白を受け入れてもらえたら、それこそこのうえない自信につながるわ。仕事なんかに左右されない絶対的な魅力が、佑さんには備わっているってことなんだから」

万が一、か。実際そのくらいの確率なのだろうけれど、他人に言われるとやっぱり複雑だ。

「大丈夫、向こうから誘ってくれてるくらいだから、まんざらでもないはずよ。きっと、悪いようにはならないわ」

「何を言われても、無理なものは無理です。告白なんてしませんからね」

すると、トワコさんは露骨につまらなそうにした。笑みは消え失せ、生まれてこのかた感情というものを知らないかのような無表情になった。

「あっそう。じゃあ、帰って。お代、十万円ね」

「じゅ――」ビール二杯で十万円。ぼったくりどころの騒ぎではない。「そんな大金、払えるわけないでしょう」

「なら、大人しく仕事をして。そしたらお代はタダにするから」

「そんな、殺生な」これは強要罪ではないのか。

「兄ちゃん、あきらめてトワコさんの言うこと聞きなよ。この人、首を縦に振るまで解放してくれないよ」

里中は苦笑している。トワコさんは元の微笑に戻ったが、やはりその奥に言いえぬ恐ろしさがある。迫力といい手口といい、さては彼女、書店とバーをやる前は極道の世界にでもいたんじゃないだろうか。

「……わかりましたよ。努力します」

それは無理やり約束させられたのであって、バーから逃げ出すことができれば守る必要もなかったのだけれど、僕は律義に晴美を誘った。そうしていま、一緒に焼き鳥を食べている。

テーブルの向かいで晴美は楽しそうにしゃべり、おいしそうに食べ、僕がよくないことを口にしたときは本気で怒ってくれる。好きだよ。そんな晴美が好きだ。頭の中では、何回だって言える。だけど、声に出せる気はしない。

会計のとき、僕は誘ったのだから全額払うと主張したけど、晴美に押しきられて割り勘になった。無職がかっこつけるな、とこのときだけ晴美は僕のことを無職呼ばわりし、叱るふりをした。

夜道を並んで歩く。このまま晴美を帰してしまっては、今日呼び出したこともすべて水の泡だ。なけなしの勇気で、僕はこんな話題を振った。

「晴美は最近、いい人いないの」

身を硬くしたように見えたのは、ただの思い過ごしだろう。彼女は夜空を見上げて、

「いないねえ。幼なじみにばかり構ってもらってないで、わたしもいい人見つけなきゃなあ」

と、ちょっぴり寂しそうに言った。

幼なじみではだめなんだろうか。ちっともいい人なんかじゃないけど、晴美の隣にいるのが、この先もずっと僕ではだめなんだろうか。

同じ空を、僕も見上げる。晴美の家が、すぐそこまで迫っていた。

6

「――それで結局、告白できなかったの?」

信じらんない、と未来。僕はカウンターにへばりつくようにしながら、

「やっぱり告白なんて無理なんですよ。いまの僕には、何の魅力もないのに」

晴美を家まで送っていったあとで、僕の足はどうしても自宅へと向かなかった。このまま帰ったら、情けなさに押しつぶされてしまう気がした。それで楠田駅まで引き返して、転がり込むようにバー・タスクへやってきたしだいである。

今日は里中はおらず、先客は未来ひとりである。どんより落ち込んでいる僕に、トワコさんがホットワインを出してくれた。

「佑さんは、自分の魅力を高めようと思って、いい学校や会社を目指したの？」

「それだけじゃないけど……そういう面もあったことは確かです」

ワインに口をつける。熱されたことで豊かになった香りや甘みが、心身のこわばりをいくらかほどいてくれた。

トワコさんの声は、こんなときこそ優しく響く。

「それらの目標を、きちんと達成してきたわけでしょう。立派なことよ。それで、どうなった？ 佑さんは、自分の魅力が高まったように感じたの」

「それは……」

言葉に詰まる。トワコさんは微笑みながらも、その眼差《まなざ》しは真剣だった。

「佑さんはきっと、自分でもわかってるのよ。そんなものが自分の、本当の魅力を高めてくれるわけじゃないってこと。なら、反対に佑さんが仕事をしていないからといって、魅力がなくなるはずはないわよね」

「だとしても、告白はできないんですよ」

抑えきれず、僕は声を荒らげた。ワイングラスの脚《あし》を持つ指が震えた。

「だって《僕と付き合ってください》だなんて、どの口が言えるんですか。それは本来、

《僕と付き合えば、あなたの日常はよりよくなりますよ》というアピールであるべきでしょう。だけど僕には、そうは思えない。僕と付き合うことで彼女に、少しでもいいことがあるなんて考えられないんです。彼女の負担になるくらいなら付き合わないほうがいいと思うし、そんな気持ちで告白なんてできやしない。振られて気まずくなって、友達ですらいられなくなるよりは、このままの関係でいたいんですよ」

「そんなに思いつめなくても……幸せになりたくて付き合うのは確かでも、幸せにしてもらいたくて付き合うとは限らないじゃない」

未来が恋愛の手練《てだ》れじみたことを言う。それでも僕は、聞く耳を持てなかった。

「本当に、言えなくなるんですよ。彼女を幸せになんかできやしないのに、好きだなんて言う資格はない、と思ってしまうんですよ。もうほっといてください」

みっともなく意固地《いこじ》になった僕を見て、二人は困ったそぶりを示す。やがてトワコさんが、穏やかに告げた。

「確かに、いきなり告白というのは、少々酷だったかもしれないわね」

やっとわかってくれたようだ。まあ、トワコさんもよかれと思って言ってくれたのだろうから、この件はこれで水に流して——。

と思いきや、彼女は次のように続けた。

「佑さんには、もっと簡単な仕事を与えます」

「え……まだ、仕事するんですか」

「当たり前でしょう。飲み代、払ってもらっていないんだから」

そして当惑する僕に向け、トワコさんはなぜか《まかせなさい》と胸を叩いた。

7

さらに金曜日の夜、時刻は午後十時半。楠田駅前にて、僕は再び晴美と落ち合った。

「何度もごめん。それも、こんな時間に」

「いいけど……どうしたの、佑。やっぱり何か、大事な話でもあるんじゃないの」

さすがに晴美も不審そうだ。いままでは月に一、二度しか会わなかったのが、この八日間で三度めなのだから無理もない。それも今晩は、友達と食事に行くと言って断られたのを、その帰りでいいからと食い下がったのだ。

「ちょっと付き合ってほしいところがあって。本当に、ただそれだけだから」

強調すると、晴美はいぶかりつつも《わかった》と応じた。

晴美を連れて、バー・タスクへ続く階段を下りようとする。彼女は視線をめぐらせながら、

「こんなところにバーがあったなんて、知らなかった」

「一年くらい前に、ひっそりオープンしたらしいよ。上の九十九書店がやってるんだ」

先日、トワコさんに言い渡された新たな仕事は、《晴美をタスクへ連れてくること》だった。僕らの距離を縮めるのに協力できる、というのだ。連れてくるだけで、仕事をしたと認めてくれるらしい。

「僕も最近見つけて以来、たまに利用してってさ。いいお店だから、晴美にも紹介しておきたくて」

「佑、ひとりでバーなんて行くんだね。ちょっと意外」

「ま、まあね」

くすぐったいような心をなだめつつ、タスクの店内へ。トワコさんが、笑顔で迎え入れてくれた。

「いらっしゃい」

背の高い丸椅子に、晴美と並んで座る。奥の席に里中がいたものの、こちらが女性を連れているのに気遣ってか素知らぬふりをしている。未来は、今宵《こよい》は不在だった。

「おしゃれなお店だね」

タスクに対する晴美の第一印象は悪くないようだ。女性と二人でバーに来るなんて経験、僕にはほとんどないので、相手がお店を好ましく思ってくれたというだけでも気が楽になった。

「ね、いい雰囲気だろ。――注文いいですか」

トワコさんに向かって手を上げると、彼女は慇懃《いんぎん》に微笑んで言った。

「佑さんは、いつものでいいですね」

「いつもの？」

反射的に聞き返してしまった。直後、トワコさんの細められた目から、何やら圧が放たれていることに気づく。

そうか、トワコさんは協力すると言ったのだ。であればこれも、いつもの、で通じるほどの常連という一種のアピールなのだろう。何を出してくれるのかは聞かされていないが、幸い苦手なお酒は特にない。

「ええ、いつもので。晴美は？」

落ち着き払って、僕はトワコさんの演出に乗る。晴美はやや気後れした様子で、

「わたし、バーなんてめったに来ないから、よくわからなくて」

メニューをもらおうか。そう提案しようとした矢先、トワコさんが口をはさんだ。

「では、そちらの方には佑さんからのおすすめをお出しします」

「おすすめ？」

晴美が僕の顔をのぞき込んでくる。

「あ、ああ、おすすめがあるんだ。どうかな」

言うまでもなく、おすすめなんて伝えた覚えはない。それでも僕はトワコさんの狙いを

汲み取った。

「おすすめって、どんなお酒？」

「それは、来てのお楽しみってことで」

「ふうん。わかった、それじゃまかせるよ」

晴美が首を縦に振ったので、僕は胸を撫《な》で下ろした。トワコさんはすでにお酒を作り始めている。

ほどなく、二つのグラスが届いた。僕の前には、背の高いグラスに入ったオレンジ色のカクテルが来る。晴美には、透き通ったブラウンのショートカクテルが出された。

グラスを合わせずに乾杯をした。おそるおそる、僕は初見のそれを飲んでみる。

「あ、おいしい」

いつもの、という設定を忘れ、感想をつぶやいてしまった。フルーツの風味が口の中に広がり、爽《さわ》やかで飲みやすい。

「それ、何ていうお酒？」

自分のグラスに口をつけるより先に、晴美は僕のカクテルに興味を持ったようだった。しかし、名前など僕にわかるはずもない。

「これはね……」

もう少し飲んでから答えるようなそぶりでカクテルを口に含みつつ、トワコさんに目で助けを求めた。彼女は微笑んで、名前を教えてくれた。

「セックス・オン・ザ・ビーチでございます」

「ぶっ」

むせた。目に涙を浮かべてゲホゲホやる僕の背中に、晴美が手を添える。

「だ、大丈夫?」

「ゲホ、ちょっと気管に……」

こんなときに、何という名前の酒を出してくれるのだ。トワコさんは悪びれるどころか、《うまくやったぜ》とでも言いたげにこちらに向かってウインクをする。

「佑、いつもそんなの飲んでるんだ……」

晴美の顔は引きつっていた。僕は慌《あわ》てて釈明する。

「いや、名前はアレだけどさ。甘くておいしいんだよ、フルーツ系だし。そんなことより、晴美のはどう?」

彼女はまだ、自分のカクテルを試していなかった。グラスを手に取ってまずは舐《な》めるように口をつけ、それからぐいと飲み、感嘆の声を上げる。

「おいしい！　チョコレートみたいな味がする」

「そちら、ルシアンというカクテルです」

問われる前に、トワコさんが教えてくれた。

今度は普通の名前だったので、ほっとした。見た目からしてアルコール度数は高そうだが、晴美はそのお酒を気に入ったようでどんどん飲んでいく。

「口に合ったならよかったよ」

「うん、わたしこれ、すごく好き。おすすめしてくれてありがとう」

ここへ来るまでにも多少、飲んできたはずの晴美の瞳《ひとみ》は、心なしかとろんとしていて、見つめられると胸が高鳴る。

かつてなく、いい雰囲気だった。セックス云々の件を取り返して余りある。トワコさんには感謝しなくちゃな、と思った。

セックス云々のほうも、味はいいので飲み続ける。隣を見ると、晴美が携帯電話を操作していた。

「どうかした？」

「ん、このカクテルがおいしいから、何が入ってるのか調べてみようと思って……え」

突如、晴美が固まった。様子がおかしい。僕は彼女の携帯電話の画面をのぞき込んだ。

彼女が見ていたのは、カクテルのレシピを掲載しているサイトだった。ルシアンの項目には、ウォッカ、ジン、カカオリキュールを用いて作ることが紹介されている。

その横に、ルシアンについての解説文があった。

〈アルコール度数が高く、そのわりに飲み口がよいことから、女性を酔わせるためのお酒

たよね」

「ちょっとこれ、どういうこと！　ルシアンは、佑のおすすめって言っ

僕は晴美の顔を見た。彼女は眉を吊《つ》り上げ、携帯電話をこちらに突き出してきた。

「げっ」

＝レディ・キラーとして有名です〉

トワコさん、何てことしてくれたんだ。僕は呪《のろ》いたい気持ちでいっぱいになった。告白しやすい雰囲気を作るためのカクテルだったのかもしれないけど、これでは露骨すぎて完全に逆効果じゃないか。

「いや、違うんだ、これには事情が」

しどろもどろで弁解しようとするも、晴美は聞く耳を持たない。

「わたしを酔わせてどうするつもりだったの。そっちのカクテルの名前みたいなこと、考えてたわけ？　だいたいおかしいと思ったんだよ、このごろ何度も会ってたのに、ただバーへ連れていくためだけにわたしを呼び出すなんて。バーテンダーさんもグルだったのね」

「お、落ち着いて……」

晴美はすっくと立ち上がった。

「わたし、こういう騙《だま》し討ちみたいなことされるの、大っ嫌い。佑にはがっかりした。帰る」

入り口の扉へ向かおうとする晴美を、僕は腕をつかんで引き止めた。

「待てって。誤解だよ」

「言い訳無用。帰るったら帰る」

「お願いだから、せめて話だけでも聞いてくれ」

「いや。放して――」

「好きなんだ」

その瞬間、抵抗していた晴美の腕から、力が抜けた。

店内では、時間が止まったみたいに誰もが硬直し、ただＢＧＭとして場違いに陽気なオールディーズが流れ続けている。

最悪のタイミングだ――と思った。だけどもう、言ってしまった。

ここで止めることなんてできない。僕は、途中で何度もつっかえながら、晴美に思いの丈《たけ》をぶちまけた。

「晴美のことが、好きなんだ。昔からずっと憧れていて、仕事を辞めた僕をなぐさめてくれたこともすごく感謝してて……それを伝えたくて三日前にも呼び出したんだけど、どうしても言えなくて。それでこのお店の人に相談したら、協力するから連れておいでって言われてさ。こんな演出をされるなんて、全然知らなかったんだ。本当にごめん」

「そう……だったんだ」

晴美はすとんと椅子に座った。月並みだけど、糸の切れたマリオネットという表現がよく似合う動作だった。

息苦しい空気が充満する。僕は、こじ開けるようにして口を開いた。

「僕なんかに告白されても、迷惑なだけだよね」

「ううん、そんなことない。うれしいよ」

晴美はかぶりを振る。そのあとで、静かに告げた。

「でも――ごめんなさい」

刹那《せつな》、何もない真っ暗な空間に、僕の意識だけがぷかぷか浮いているみたいな感覚に陥った。晴美の言葉が矢のように、わずかでも触れれば傷つく勢いで飛んでくる。

「わたしのほうこそ、好きって思ってもらえるような人間じゃないんだよ」

どういうことだろう？　彼女の声は、しっとりと濡れていた。

「本当はね、わたしも仕事、あんまりうまくいってないんだ」

その一言は重かった。ちっともそんな風に見えなかったから。彼女の置かれた状況に想像をめぐらすこともなく、弱音ばかり吐いていた自分は、何と身勝手だったことか。

「負けたくなくて、いまも必死でがんばってる。だけど、心が折れそうになる日もあってさ。――そんなとき、佑に会うとね、わたしは自信を回復できたんだ。わたしはまだ、ここまで悪くないって。まだ逃げ出してない、まだ大丈夫だって。佑をなぐさめるふりをして、その裏で優越感に浸ってた。そうやって、自分自身をなぐさめていたの」

最低だよね、と晴美はつぶやく。

「佑がわたしに気があるのも薄々感じてて、そのうえで自分に向けられた好意や憧れすらも、自信を取り戻すのに利用してた。だからこの前、佑がわたしと同じ県の職員を目指すかもしれないという話が出たときは、水を差すようなことを言ったの。もしも受かってしまったら、わたしの仕事がうまくいってないことがバレるから……それだけじゃない。等しい立場になればもう、わたしは佑と接することで自信を回復できなくなってしまうから」

そうだったのか。晴美は僕のことを、そんな風に思っていたのか。

「こんな関係、よくないって思ってた。でも、やめられなかった。――わたしたち、きっと付き合うべきじゃない。ますますお互いがだめになっていくと思う。それ以前に、佑もたったいま、わたしのこと見損なったよね」

「そんなこと、ないけど」

その言葉は空《むな》しく響いた。自分でも、本心がよくわからなかった。

晴美が席を立つ。

「帰るね。わたしたち、当分会わないでおこう。いつか状況が変わって、醜い感情を持つことなく会える日が来たら……そのときはまた、二人で飲もう」

財布を取り出そうとした晴美に、トワコさんが「すでにいただいております」と言って手のひらを向けた。晴美は小さく頭を下げ、僕をちらりと見てから、店を出ていった。

誰も、何も言わなかった。お調子者とおぼしき里中でさえ、居心地悪そうにウイスキーをちびちび飲みつつ、無言を貫いていた。新たな来客がなければ、何時間でもそうしていたかもしれない。

「——どうなった？　佑さんの件」

扉が開くと同時に、女性の声が飛び込んできた。姿を現したのは未来だった。

僕は笑うことも、会釈することもできなかった。空気を察したのか、未来は口をつぐむ。彼女が空いた椅子に座ったところで、ようやくトワコさんが沈黙を破った。

「佑さん、ごめんなさいね。こんなことになってしまって」

「いえ、いいんです。自分なりに、満足してますから」

嘘じゃないから、すんなり口をついて出た。トワコさんが首をかしげる。

「満足？」

「トワコさんの計らいがなかったら、たぶん今日も晴美に本音を伝えられなかったと思います。でも、どんな形であれ、僕はちゃんと彼女に好きと言えた」

その結果は、振られるところまでは想定内だったけれど、そこから先は思いもよらないものだった。晴美の吐露を聞いてようやく、僕は二人のゆがんだ関係に気づき、いつかはそれを変えなければいけなかったのだと思い知った。僕の告白は、失敗に終わったけれど、無駄ではなかった。

「こんな僕でも、告白できた。大きな自信につながりました。だから、今日のこの仕事をくれたトワコさんには、心から感謝しています。ありがとうございました。でも――」

カウンターの上に、水滴がぽたりと落ちた。

「ちょっとだけ、泣いてもいいですか」

こんな感情は、いままで味わったことがなかった。寂しさやみじめさと、誇りや充足感とが争うことなく同居していた。

仕事に悩み、苦しんでいたのは僕だけではなかった。晴美もまた必死でもがき、それでも生きていくために、僕を利用していたのだ。だとしたら、悪い気はしなかった。自分がだめなやつでいることで、好きな人の役に立てたのだから。

「おつかれさま。よくがんばったわね」

トワコさんが、新しいお酒を作ってくれた。むせかえるほど強く、前に飲んだお酒の味を忘れるくらい濃厚で、だけどどこか懐しい甘みがあった。これも報酬のうちらしい。

与えられた仕事を全うできた。好きな人の、役にも立てていた。

こんな自分が無能でなくなる場所も、この世のどこかには存在しているのかもしれない。

8

夢の中で逃げるのをやめたら、顔のない人は追ってこなくなった。去る背中を見ながら唐突に、あれは晴美だったのだ、と気づいて涙した。

土曜日の朝、玄関でスニーカーの紐《ひも》を結んでいると、母に声をかけられた。

「どこ行くの、佑」

腫《は》れぼったいまぶたを見られたくなかった僕は、振り返ることなく答えた。

「バイト。今日から始めることにした」

――昨晩、バー・タスクにて。ひとしきり泣いた僕が落ち着いたころを見計らって、トワコさんがこんな提案をしてきた。

「やりたいことが見つかるまで、うちの書店で働いたらどう？　人手、足りてないのよね」

「バイト、ですか……僕に勤まりますかね」

目元をこすりながら言うと、トワコさんはふっと息を洩《も》らした。

「無理だと思ったら辞めればいいのよ。アルバイトなんだし、思いつめたり責任感じたりする必要はないわ。もちろん、就職活動などで休みが欲しいときには、言ってくれれば配慮します」

雇い主がそう明言してくれるのなら、こちらとしては文句はない。でも、そこまでお世話になってしまっていいのだろうか。

あまりの条件のよさに、かえって返事をためらってしまう。すると里中が隣にやってきて、僕にこっそり耳打ちしてくれた。

「タスクって店名、実はもうひとつ意味があってな」

「《足す9》と《仕事》のほかに、ってことですか」

「前に聞いたことがあるんだよ。トワコさんは、《天はみずから助くる者を助く》という言葉を信条としているんだって」

Heaven helps those who help themselves.――サミュエル・スマイルズの『自助論』に登場した一節が、日本語に翻訳された際に広まった言葉なのだ、と里中は教えてくれた。

「タスクには、《助ける》という意味も込められていたんですね」

「そのとおり。だけどこの世の中には、どうやって自分を助けたらいいのかもわからない人がたくさんいるだろう。ちょうどいまの佑くんみたいに、な。トワコさんはそういう人に、自分を助けるための《仕事》を与えてくれるんだ」

僕はトワコさんの顔を、まじまじと見つめる。

不思議な人だ。彼女の言うとおりにしたおかげで、僕もちょっぴり自分を助けられた。ほんの少し自信を回復できた。そして、また彼女に仕事を課されてみたい、と思ったりもしている。

トワコさんは、こちらの迷いを払拭《ふっしょく》するように微笑む。

「うちのお店で働くの、不安？　大丈夫よ。何をどうすればいいかわからない、なんて思う間もなく、私がどんどん仕事を言いつけるから」

その口ぶりが怖い。思わず逃げ帰りたくなった――それでも僕は自分を鼓舞し、トワコさんに向かって頭を下げていた。

「雇ってください。精いっぱい、がんばります」

そして翌日にあたる今日、さっそく初めての出勤をしようとしているわけだ。

「バイトって、どこで？」

母の声音には、微妙な響きが込められていた。ようやく働き始めたことに対する安堵と、職場での処遇や仕事内容についての心配と、半々なのだろう。

「この前話した、九十九書店だよ。お店の人に誘われてさ。もしかしたら、夜も働くことになるかも」

否定的な意見を述べられたくなくて、僕はそのまま家を出ていこうとした。けれど、思いがけず強く、母に呼び止められた。

「佑」

ドアを半開きにしたところで、動きを止める。振り返ると、母はまっすぐに僕を見すえて言った。

「がんばってね」

その温かい笑みにつられるように、僕もちょっとだけ笑って答えた。

「うん。行ってきます」

空は今日も晴れ渡っていた。

九十九書店は十時開店だ。一時間前の午前九時に、お店に来るように言われている。

駅前から書店のある細道に入ろうとしたとき、僕は改札のほうに意外な光景を見た。

晴美がいた。隣に立つ人と楽しげにおしゃべりをしていて、僕がいることには気づかない。決別したばかりでもう出くわすとは、何と奇遇なことか。明るい陽射《ひざ》しのもとで彼女を見ると、昨晩の出来事が全部夢だったような気がしてくる。

彼女は休日も朝からお出かけらしい。それは別に何とも思わない。

問題は、晴美がしゃべっている相手だ。

カジュアルな服装で屈託なく笑い、バー・タスクで会うときとは別人のようだ――でも、間違いない。

晴美の隣にいるのは、遠山未来だった。

「――ああ、バレちゃったかあ」

間延びした声が聞こえ、僕は振り返る。トワコさんが、改札のほうを見やりながら苦笑していた。

「あの二人、顔見知りだったんですか」

驚いた僕に、トワコさんは事情を説明してくれた。

「佑さんが初めてタスクにやってきた晩のこと、憶えてる？　お友達の話題が出てきたとき、未来ちゃんがその名前を訊ねたでしょう」

そういえば、そんなことがあった。妙なところに食いつくな、と思ったものだ。

「そのあと佑さんがトイレに入っているあいだに、未来ちゃんが教えてくれたの。佑さんの話、どこかで聞いたことがあると思ったら、自分の友達のことだって。未来ちゃんと晴美さんは元々、バイト仲間だったらしいんだけど」

タスクの常連である以上、未来も楠田駅の近くに住んでいるのだろう。二人がこのあたりでバイトをしていたのだとしたら、そこでの出会いはじゅうぶんありうることだ。

「二人は何でも気軽に話せる仲だそうでね。ゆうべ晴美さんが佑さんに打ち明けたようなことも、未来ちゃんは前々から聞かされていたんだって。仕事がつらくなるとつい友達を利用してしまう、よくないとわかっているけどやめられない――そう、苦しげに語っていたらしいわ」

「それじゃ、僕に告白させたのは、まさか」

トワコさんは、ばつの悪そうな顔をした。

「もちろん佑さんのためだったけど、同時に晴美さんのためでもあったのよね。彼女は告白までされながら、なおも友達を利用できるような人じゃない、と未来ちゃんが言うものだから。そのとおりなら佑さんの告白は、お互いにとってよい結果をもたらすはず。私がそう、判断したの」

「それならそうと、言ってくれてもよかったのに」

「あら、それはだめよ」トワコさんは人差し指を振る。「佑さんの告白が真剣だったからこそ、晴美さんもあなたと向き合うことができたのよ。相手のためだから、なんて保険をかけるような思いがわずかでも混じっていたら、何もかもが中途半端に終わっていたはずだわ」

　そういうものだろうか。まあ、そういうものかもしれない。

「怒ってる？　うちで働くの、やっぱりやめとく？」

　試すように、トワコさんは問いかける。僕は、首を横に振った。

「正直なところ、騙すようなやり口は歓迎できません。だけど、それでもトワコさんに課された仕事を成し遂げてよかったという思いは変わらない。出会ったばかりの僕や、晴美のことを考えてくれて感謝しています」

　そんな彼女のもとで働くことで、少しでも前向きになれるのなら。自分を助けるための《仕事》を、彼女が一緒に考えてくれるのなら。

「僕に仕事をください。トワコさんの出す仕事に、もっと取り組んでみたいんです」

トワコさんはうれしそうに——朗らかな陽射しを反射するように、笑った。

「よろしくね。佑さん」

それから彼女はきびすを返し、書店に向かって歩きながら言う。

「まずは雑誌のラックを外に出してもらおうかしら。それから十時の開店までに、地下の倉庫にある箱をすべて売り場に運んでおいて。アルバイト初日だし、商品を棚に並べるのはまだ私じゃないと務まらないものね。箱はそうね、だいたい十箱くらいあったかしら……」

「ちょ、ちょっと待ってください。そんな、いっぺんに言われても」

「箱、重いぞう。腰壊すぞう」

「やめて、脅《おど》さないで」

だめな自分を変えるような、素敵な仕事をくれる人。そんな風に思っていたのだが——。

もしかしたら単純に、人使いが荒いだけかもしれないぞ。九十九書店のガラス扉を開け、てきぱきと開店準備に取りかかるトワコさんをながめながら、僕は早くも認識を改めつつあった。

2ND TASK

『飼育』

Fairy Belle
dry gin 45ml
apricot brandy 15ml
grenadine syrup 5ml
egg white

1

ペットが逃げてしまったんです、と彼女は言った。

商品の本を立ち読みしながら、ぼろぼろと涙を流す女性がいたのだ。店員として、声をかけないわけにはいかなかった。お客さま、どうかなさいましたか。どこか具合でも悪いのですか。

彼女は首を横に振り、ペットが逃げたのだ、と説明した。よく見ると、手にしているのは動物の飼い方の本だった。特定の種類について詳しいものではなく、さまざまな動物の飼い方を少しずつ紹介しているタイプの本だ。

「それはお気の毒に。早く見つかるといいですね。ところで、何の動物を飼われていたんですか？　犬、それとも猫？」

あんまり泣かれるとこちらの具合が悪いので、せめて気をまぎらせはしないかと思い、会話を試みる。こういうのも仕事のうちに入るのだろうか。バイト中に職務を放棄《ほうき》して女性客と立ち話をしていた、なんて思われても困るのだが。

簡単な質問のつもりだったのに、なぜか彼女は困ったようになり、あ、とかその、とか意味のないうめきを洩《も》らした。ためらった末にしぼり出した答えを、僕が一度で聞き取れなかったのは、たぶん彼女の声量のせいだけではなかった。

彼女は恥じらうように目を伏せ、答えたのだ。

――人です、と。

2

「……どこかで聞いたような話ねえ」

トワコさんはあごに手を添え、そのひじをもう片方の手で支えた姿勢でつぶやいた。

取り立てて栄えてもいなければ寂《さび》れてもいない典型的なベッドタウン、楠田。駅の近くの細道に古くからある九十九書店は、ほんの一年前まではよくある町の本屋さんだったけど、トワコさん――九十九十八子と書いてツクモトワコと読む――が店主の座に就いてから、いくぶん個性的な店に変わった。今年の二月に前職を辞した僕の、現在のアルバイト先である。

その、九十九書店の地下には秘密のバーがある。秘密といっても会員制であるとか、一見さんお断りとかいうわけではない。やはり一年ほど前に、トワコさんがこのバーを開いてからというもの、目立つところに看板を置いたり、宣伝に力を入れたりしてこなかった結果、知る人ぞ知る隠れ家的なお店になってしまっただけのことだ。ちなみに店名は少々変わっていて、バー・タスクという。仕事を終えてひと息入れるのがバーなのに、その名前が《仕事《タスク》》とはこれいかに。

九十九書店のアルバイトたる僕が、そこで働いたぶんだけ時給をもらうのは当然だ。一方、今夜のように地下のバー・タスクで飲むお酒もまたトワコさんからもらう報酬で、お代を払ったことはない。とはいえ僕がお店を手伝うわけではない、というのもタスクはカウンターだけのせまいお店で、トワコさんひとりでもじゅうぶん回るからだ。ではこのお酒は何なのかというと、トワコさんがときおり僕に課してくる奇妙な《仕事》に対する報酬なのだ。そいつを果たす代わりに僕は、アルバイトの身分でも気にせずおいしいお酒を飲めるというわけだ。

さて、僕らは今夜このオーセンティックなバー・タスクにて、昼間の九十九書店へやってきたとある客について話をしていた。人間を飼っていたと涙ながらに語る、不思議な女性の話である。

「どこかで聞いたような、っていうのは」

僕が聞き返すと、トワコさんはカウンターの向こうでうなった。

「どこかで読んだ、だったかしら。人を飼うという話、初めて聞いた気がしないのよね」

「ひょっとして、『きみはペット』じゃないですか」

トワコさんが首の傾きを右から左へ変える。

「少女漫画ですよ。作者は小川彌生《おがわやよい》さん。ドラマ化もされた有名な作品ですから、知らないってことはないでしょう」

九十九書店の店長として実家に戻ってくるまで、トワコさんがどこでどんな暮らしをしていたのか、僕は聞いていない。自分で読んだり売ったりしていなければ、漫画としての印象が薄いことはあるだろう。だが、それでも作品そのものを知らないとは思えなかったのだ。

「ねえ、それってどんな漫画？」

ここで割って入ったのは遠山未来。タスクの常連客で、今日も奥のカウンター席ですらりと長い脚《あし》を組んでいる。妙に色っぽく、僕に対しては遠慮のかけらもないが一応、歳下《としした》の二十三歳だ。味よりも見た目でお酒を選ぶタイプと思われ、いまはスカイ・ダイビングという名の青く透き通ったショートカクテルを飲んでいる。

「タイトルのとおり、キャリアウーマンの女性が、歳下のイケメン男子をペットとして飼うお話です。ラブコメといっていいかと」

「佑さん、漫画に詳しいのねえ」とトワコさん。

「はあ、多少は……読書に関しては、みなさんの足元にも及びませんけど」

書店の地下のバーだけあって、タスクの常連客は本好きが多い。たとえば未来は、日本の女性作家の作品をこよなく愛しているし、今日はいないが同じく常連の里中淳之介というおじさんは近代文学に目がない。

「そうよねえ。人間、何かひとつは取り柄があるものよね」

トワコさんはのんびり言うが、それは褒《ほ》めているつもりなのか。彼女は今日も、グラスに入れたミルクらしきものをちびちび飲んでいる。

「で、佑さんはその女性をタスクへ誘ったんだね」

未来の問いに、僕は飲みかけのセックス・オン・ザ・ビーチをカウンターに置いてうなずいた。このカクテルは最近、トワコさんがタスクで僕の顔を見ると勝手に作るのだ。ひと月ほど前の出来事に関連した、ある種の嫌がらせではあるのだが、爽《さわ》やかな風味が好みなので文句も言わず受け入れている。

「何ていうか、僕の手には負えないなと思ったんですよね。かといって、ほうっておくこともできないし」

「そのとき私、お店にいなかったものねえ」

「ずいぶん慣れた真似《まね》するようになったじゃん。いつの間に、そんなになじんだの」

未来のこれは、仕事ができなすぎて前職を辞めた僕をからかっているのである。書店のバイトを始めてまだひと月、トワコさんが手取り足取り教えてくれるおかげでいまのところ何とかなっているという程度で、慣れたと言うには早すぎる。そんな分際で客をタスクに誘ったのは、確かに大胆だったかもしれない。

「しょうがないでしょう、ほかにどうすることもできなかったんですから。ちょっとは元気が出るかも、と誘ったら彼女、さっそく今夜にでも行きたいって言ったので、たぶんもうすぐ来ますよ」

噂《うわさ》をすれば影、である。にわかに空気が流れる感じがして、タスクの入り口の扉が開いた。

花柄のワンピースにデニムジャケットという服装は、昼間見たときと変わらない。年齢は僕とトワコさんのちょうど中間、三十歳くらいか。薄暗い店内に僕の顔を見つけて、気が緩んだみたいに微笑《ほほえ》んだ。

「よかった。ここで合ってた」

間違うような店はほかにないけれど、バー・タスクへは九十九書店の脇に夜だけ出現する細い階段を下りなければならず、初めてのときは勇気がいる。彼女が安堵《あんど》したのも無理からぬことだった。

彼女は僕の隣の椅子《いす》に腰を下ろす。泣き顔しか見ていなかったけど、笑うと人がよさそうだ。そういう部分を感じ取っていたからこそ、人を飼っていたなんて珍奇な発言が飛び出しても、警戒せずタスクへ誘えたのだ。

「何をお飲みになりますか」

トワコさんの質問に、彼女は少し迷ってカルーア・ミルクと答えた。

「お酒は得意じゃないんですか？」

僕は訊《き》く。カルーア・ミルクは、そういう人が飲むカクテルというイメージがあった。

「体質的にはそこそこ飲めるんですけど、アルコールの味がそんなに好きではないので、ジュースみたいなものばかり飲んじゃうんです」

「なるほど。僕らに合わせて、無理に飲もうとしているわけじゃないのならよかったです」

話している間に、トワコさんは氷を入れたグラスにコーヒーリキュールとミルクを注ぎ、バースプーンで混ぜ合わせてカルーア・ミルクを作った。未来と四人、歓迎を込めて乾杯をする。

「誘っておいて何ですが、よく来てくれましたね」

まず僕が言うと、彼女の背中が少し丸くなった。

「ペットがいなくなってから、毎日寂しくて。もう、ひと月も経《た》つのに」

何でも彼女がペットの本を立ち読みしていたのは、逃げ出した原因を探るためだったらしい。何か嫌がるようなことをしてしまったのではないか、と気に病んでいたのだ。

「ペットといっても、相手は人間だったのですよね」

「はい。二つ歳上の、男性でした」

歳上の、しかも男性。僕らのあいだに、何とも言えない空気が流れる。まあ僕らと言いつつ、トワコさんは明らかに楽しんでいたけれど。

女性は空気を察したようで、苦笑した。

「変わってる、とお思いでしょうね。わたしだってこんな話、人から聞かされたら驚くと思います」

でもわたしたち、うまくいってました。そう言ったときの彼女は誇らしげでもあり、とても悲しそうでもあった。

「それで、お名前は？」

トワコさんが訊《たず》ねる。女性は目尻《めじり》を指の関節でこすった。

「自己紹介がまだでしたね。わたし、新妻《にいづま》真由香《ゆか》と申します」

「ペットのほうは？」

「タロウって呼んでました」

タロウか。本名なのか、それともペットとしての名前なのか微妙なラインである。

と、ここで最年少の未来が、我慢しきれなくなったというように口を開いた。

「あのさ。それって要するに、彼氏と同棲《どうせい》してたってことじゃないの」

彼女の態度の大きさは誰の前でも大差ないらしい。幸い、真由香に気を悪くした様子はない。

「いいえ、タロウは彼氏ではありませんでした。あくまでも、ペットです」

「じゃあ、ほかに彼氏がいたの」

「タロウと暮らした三年間、わたしに恋人と呼べる相手はいませんでしたね」

「真由香さん、恋愛対象は男性？」

「かつては殿方とお付き合いしたこともありましたよ」

殿方、ときたか。つかめない人だなと思っているうちに、未来が結論めいたことを言った。

「どう聞いても、彼氏と同棲してただけとしか思えないんだけど」

するど、真由香の表情に影が差した。

「やっぱり、わかってもらえませんよね。一風変わった生活だったことは、わたしも自覚していますから」

カルーア・ミルクをごくごくと飲む。やけ酒、というやつにしか見えない。

僕は慌《あわ》てた。《元気が出るかも》と言って誘ったのに、これじゃあ逆効果じゃないか。

トワコさんも、せっかくの新しいお客さんが不快な思いをするのは見過ごせないようで、

「未来ちゃん。ちょっと黙っててね」

と、威圧した。

こういうときのトワコさんは迫力がある。未来が首をすくめるのを確認して、僕は真由香に水を向けた。

「よかったら教えてくれませんか。どういった点で、恋人との同棲とは異なっていたのか。僕らにも、想像できるように」

真由香が落ち着いた微笑を取り戻したことに、まずはほっとした。

「では、そちらのお嬢さん」

と、真由香が未来に目をやる。殿方に続いて、今度はお嬢さんか。

「これまでに、恋人と同棲した経験はありますか」

プライベートに関する唐突な質問に、未来は面食らいながらも答える。

「あるよ。短いあいだだったけど」

「その際、彼氏さんとケンカをすることはありましたか」

未来はまずいものでも食ったみたいに顔をしかめ、

「それはもう、しょっちゅう」

真由香の独特な雰囲気に乱され、未来の本性が少しずつむき出しになりつつある気がする。

「どのような理由でケンカを？」

「あいつ、家事とか一切やらなかったのよね。あたしが風邪を引いたときなんて、食事も用意してくれないどころか、飯がないからってひとりで飲みに行ってんの。なのに、家賃も生活費も半分こだったんだよ。それおかしくない、ってイライラしちゃってさ」

「わかります。同じ状況だったら、わたしも腹を立てると思います」

でしょでしょ、と未来が身を乗り出したところで、真由香はあらたまって告げた。

「ところでわたし、タロウとの同棲に関しては、一円だって彼からお金を受け取ったことはありません」

「えっ」

「それでいて、家事はすべてわたしがひとりでやっていました。食事の用意も、掃除も、洗濯もすべてです」

僕はあぜんとしてしまった。未来は宇宙人でも目撃したかのように震えている。

「な……何でそこまでするの」

「だって、ペットですから」

というのが、真由香の答えだった。

「未来さんは、ペットに家事を期待しますか。ペットから、飼育費の一部を徴収しますか」

「それは、しないけど……」

「では、恋人とは違うということが、これでおわかりいただけましたね」

真由香はにっこり笑っている。

この段階で、僕は自分なりに真由香とタロウの関係性を、ある二文字の単語を用いて定義した。それはペットよりふさわしい表現のように思われたが、揶揄《やゆ》になるので一応、口にはのぼせないでおいた。

一方で、未来はまるで納得がいかず、むしろ錯乱《さくらん》してしまったようだ。真由香の顔面を指差しながら、

「でも、セックスはしてたんでしょ！」

「まあ、未来ちゃんったら。はしたない」

トワコさん、口ではたしなめつつ、絶対この状況を楽しんでる。

「しませんよ。あなただって、ペットに欲情したりはしないでしょう」

真由香が平然と言うので、未来はかえって収まらない。

「じゃあ、チューはどうなの、チューは！」

「そのくらいは――でも、飼い主が犬とキスをするのは、普通のことですよね」

鮮やかな論破だった。未来は反撃の手が尽きたのか、《くう》とうめきを洩らしたあとで、スカイ・ダイビングを一気に飲み干した。そんな風に飲むお酒ではないと思うのだが。

ところで僕は、さっき自分の中で生まれた定義に関連して、ある点が気になっていた。

「あの、タロウさんって……」

「タロウで結構ですよ。ペットですから」

「そういうわけには。僕らにとって、その男性はペットじゃありませんし」

真由香は少し思案して、それもそうですね、と言った。

「タロウさんって、お仕事はなさってたんですか」

「仕事なんかしてるわけないじゃない。ペットですから」

未来が空のグラスを振り回しながら、真由香の口調を真似て言う。そして、僕が言わずにおいた定義を、二文字の単語を、ついに代弁した。

「真由香さんはペットだって言い張るけど、世間ではそういう男のこと、ヒモっていうのよ——」

「タロウはちゃんと働いてましたよ。会社員でした」

今度こそ、未来は開いた口がふさがらないようだった。

「ペットにも、仕事はあります。犬なら芸とか、オウムなら声真似とか。タロウの仕事は、人様のもとへ荷物を届けることでした」

「ヒトのほかに、黒猫やカンガルーがいる業界ね」トワコさんは呑み込みが早い。

「彼にはじゅうぶんな収入がありました。断じて、わたしの財布を当てにして、家に転がり込んできたわけではなかったのです。だからヒモではありません。むしろ彼のほうではお金を払おうとしてくれていたのを、それはペットの領分ではないからと、わたしのほうで受け取らなかったのです」

真由香にも、ポリシーのようなものがあったらしい。それで彼女に対して抱いていた、変わり者というイメージが、僕の中で少し和らいだ。役割を決め、ルールを守り、他者との関係性を構築していくというのは、いかにも人間らしい営みだと思ったからだ。きっと彼女たちには、そうすべき事情があったのだろう。

「そんなタロウちゃんが、ひと月前に逃げ出しちゃったのね」

トワコさんは言い、未来のためにシェイカーを振る。

とたん、真由香は涙ぐんだ。

「はい。とっても仲良く暮らしていたはずなのに、突然帰ってこなくなったんです。荷物がなくなっていたから、彼の意思で出ていったことは間違いありません」

「ケンカでもしたの？」

「三年間で、ただの一度も。出ていく直前まで、いつもと変わらぬ生活をしていました」

未来の前にやっぱりきれいな色のお酒を出すと、トワコさんは真由香の両目をのぞき込むようにした。

「いまでも、戻ってきてほしいと思ってるのね？」

とうとう真由香は昼間、書店で見せたのと同じ泣き顔になってしまった。

「タロウと暮らした日々が、忘れられなくて。仕事から帰ると、玄関まで駆けてきてくれたこと。どんなに落ち込んでいるときでも、添い寝をするだけで安心できたこと。それらすべてがなくなって、タロウがどんなに心の支えになっていたか、痛感しています」

話を聞く限りでは、完全なるペットロス症候群である。相手は人間なのだが。

その時点で僕はタロウなる人物のことを、何となく小柄でかわいらしい男性なのだろうと想像していた。歳は上と聞いていたものの、『きみはペット』のイメージを払拭《ふっしょく》できなかったのだ。

「写真とか、あるかしら」

だからトワコさんのこの問いに対して、真由香が携帯電話に保存されたツーショット写真を見せてくれたときには、意外な心地がした。

「これは、何というか……」

言いよどんだ僕に対して、未来は的確な感想を述べた。

「――美女と野獣ね」

身長は百八十センチメートルを優に超えているだろう。職業柄か体格が非常によく、ラグビー日本代表選手と言われても信用しそうだ。顔立ちは濃く、よく見れば男前と言えなくもないが、量の多い髪や太い眉《まゆ》のインパクトが強すぎてそういう印象にならない。

ペットっぽいかと問われれば、その答えは絶対にノーだ。ただ、たとえばシャーロック・ホームズの『まだらの紐《ひも》』には――あいにく、これも漫画で読んだのだが――ヒヒとチーターを飼っている人物が登場する。それならこの男性も近いというか、むしろ男性のほうがまだしもペットらしいと言えるかもしれない。

とにかく僕は、未来の《美女と野獣》という表現にひざを打ちたい気持ちだったが、真由香は異を唱えた。

「あの、そういう言い方はどうかと……美女は野獣の妻になるのであって、飼い主というわけではないでしょう」

どうもピントがずれている。未来はぼそっと一言、

「《美女》は否定しないのね」

タロウなる人物の外見を、見せろと言ったのはトワコさんである。画像を確認し、何やら心得顔でうなずくと、僕に向かって意味ありげに微笑んだ。

「次の仕事、決まったわね」

グラスを口に運びかけ、動きを止める僕。リップス・オン・ザ・セックス・オン・ザ・ビーチ。

「それはもしや……タロウさんを捜し出して、真由香さんのもとを去った理由を訊いてこいってことですか」

そのとき真由香が僕に向けた視線には、多少の期待が込められていたように思う。ところが、トワコさんはきょとんとしていた。

「何を言ってるの。そんなこと、佑さんには無理でしょう。探偵じゃあるまいし」

「あ、違うんですね」

まあ、言われてみればそうか。僕はしがないバイト書店員だし、これは探偵小説じゃないんだものな。

今夜の主役の真由香を置き去りにして、話は進む。トワコさんの口から飛び出したのは、思いもよらない指令だった。

「佑さんの、次の仕事はね——」

3

案の定ではあったけれど、母はたいそう驚いた。

「仕事でしばらく家に帰らないって、どういうことなの。あなた、書店員でしょうに」

バックパックを肩に背負い、ボストンバッグを手に提げて僕は答える。

「説明が難しいんだけど、仕事は仕事なんだ。心配しないで。寝泊まりする場所はこの近くだし、危険なことは何もない。それに、いつになるとは明言できないけど、じきに帰ってくるから」

行き先も告げず、よくわからない説明で家を離れる息子のことを、快く思いはしなかっただろう。けれども母はそれ以上、問いただすようなことはしなかった。

「しっかり働いてきなさいね」

送り出してくれることに感謝して、僕はうなずいた。

大きな荷物を抱えてふらふらしながら、三十分ほど自転車を漕《こ》いだ。たどり着いたアパートの一室の前、緊張しつつインターホンを押すと、すぐさまドアが開いた。

「いらっしゃい。どうぞ、上がって」

現れた真由香に向かって、僕は深々と頭を下げた。

「お世話になります」

つまり、これがトワコさんの命じた仕事なのだった——しばらく真由香に飼われてこい、というのだ。

「な、何言ってるんですか。僕が、女性と一緒に暮らすだなんて、そんな」

当然ながら、僕はまず抵抗した。あんまりしどろもどろだったものだから、未来に「興奮するな、佑」と白い目を向けられた。とうとう呼び捨てに格下げか。

「真由香さんに飼ってもらうことで、出ていったタロウちゃんの気持ちが理解できるかもしれないでしょう。それには佑さんが適任よ。あらためて見ると、ちょっと犬っぽいし」

真由香はこぶしを手のひらの上に載せて、

「なるほど、その手がありましたか」

「なるほどじゃないですよ。真由香さん、言いくるめられちゃいけません。トワコさんは、この状況を楽しんでるだけなんです」

「あら、失礼ねえ。だいたい、真由香さんを元気づけたくてこのお店に呼んだのは、どこのどなただったかしら」

「いや、それは……」痛いところを突くのはやめてほしい。「真由香さんだって、僕と暮らすのなんか嫌でしょう。僕たち今日、出会ったばかりなんですから」

すると真由香はぎゅっと目をつぶり、涙を弾《はじ》くように勢いよく見開いた。少女向けのアニメで、主人公が悲しみを乗り越えるシーンとして見覚えがあるような仕草だった。

「わたし、我慢します！　それでタロウが出ていった原因がわかるのなら、この方と暮らすくらいのことは耐えます」

「よく言った！　私、感激したわ」

トワコさんは拍手なぞしている。ていうか、何で僕がここまで言われなきゃならないのか。

「本当にいいんですか。僕、実は犬じゃなくて狼《おおかみ》かもしれませんよ」

苦しまぎれに言ってみたものの、これはトワコさんに笑われただけだった。

「よく言うわよねえ。お酒の力を借りないと、好きな女の子に告白もできなかったくせに」

過ぎたことを持ち出さないでほしい。告白しろと言ったのもトワコさんなのに、この人むちゃくちゃだ。

未来はわれ関せずを決め込んでいるし、真由香は受け入れ態勢を整えつつある。そして、トワコさんの次の台詞《せりふ》が決定的だった。

「仕事、やりたくないならいいわよ。佑さんがいま飲んでいるお酒、お代は十万円――」

「僕、ペットの佑って言います！　よろしくお願いします！　わんわん」

結局のところ、僕に断る権限などないのだ。

そういうわけで、僕は期間限定で真由香のペットになることと相成った。今日がその、人間としての尊厳を捨てる記念すべき初日にあたる。

「おじゃまします」

僕を迎えるためか、それとも普段からきれい好きなのか、真由香の部屋はさっぱりしていた。広めのワンルームにクリーム色のじゅうたん、ベッドと座卓とテレビとソファー。目についたのはだいたいそんなところか。

同棲するには手狭な気もするが、住めないことはないだろう。事実、真由香はここでタロウと二人、暮らしていたのだ。

立ちっぱなしも何なので、それぞれクッションに腰を下ろした。気まずい沈黙が流れる。いろいろと、確認したり話し合ったりしなければならないことがあるのはわかっていたけれど、どこから取りかかればいいのかがわからない。

「……あの、生活するにあたって、何か気をつけたほうがいいことはありますか」

まずはそんなところから、僕は会話を試みた。真由香はちょっと髪をいじって、

「えっと……物音はあんまり立てないようにしてね。うち、ペット不可物件だから」

「いやそれはどうでもよくて、単身者専用の部屋であるとか、女性専用アパートであるとか、重要なのはそっちだと思うんですが。世間的には、僕はペットに見えないだろうし」

「そっか、そうよね。カップルで住んでる人もいるから大丈夫よ。タロウだって、ここに三年住んでたのだから」

たぶん、真由香も緊張しているのだ。とりあえず、僕が気をつけるべきことは特にないらしい。

次に部屋の案内、どこに何があるのかという説明をひととおり受ける。広くはない部屋だから、これもほんの数分で終わった。女性の自宅に二人きりでいるという事実に、なかなかなじまない。取ってつけたように、真由香が手を打って言った。

「お腹《なか》、空《す》いたよね。そろそろご飯にしようか」

まだ、夕方の五時である。けれどもほかにやることもないので、僕は話を合わせた。

「そうですね。ぺこぺこです」

「待っててね。簡単なものしか作れないけど」

「あ、手伝いますよ」

僕は申し出ると、真由香に続いて立ち上がる。ところが、彼女から強めに制された。

「ゆっくりしてて。あなたはペットなんだから」

その場に座り直しつつ、反省する。そうか。この感覚に、早く慣れないといけないのだ。

真由香の作った料理はおいしかった。テレビがついていたから会話にはさほど困らず、助かった。洗い物も、彼女がひとりでやった。

それから僕らは風呂《ふろ》に入った——むろん、別々に。一番風呂はさすがに気が引けたので、彼女に先に入ってもらう。浴槽はせまくはなく、お湯の温度も快適だった。

風呂から上がると、真由香はソファーで本を読んでいた。カバーのかかっていない文庫本の表紙を、横からのぞき見る。『白い犬とワルツを』。子供のころに流行していた記憶のある翻訳小説だ。確か、妻を亡くした老人が白い犬を飼うお話だった。

そんな作品を読む真由香の顔など、見ていられなかった。隣に腰を下ろすと、彼女は身を硬くする。僕は息を深く吸い込み、思いきって言った。

「まだまだ遠慮してますよね」

真由香は本を閉じた。「遠慮？」

「僕、タロウさんが出ていった理由を探りにきたんです。だから、タロウさんと同じように扱ってもらわないと意味がないっていうか。どんな風だったかはよく知らないけど、僕もなるべく同じように振る舞います。真由香さんも、タロウさんがどうだったとか、タロウさんにどんなことをしていたとか、どんどん僕に言ってください」

男・佑、腹をくくった瞬間であった。真由香がそんな本を読まずにいられないほどのペットロスであり続ける限り、僕がこの仕事を成し遂げる日は来ないのだ。

真由香は脱力したみたいに笑い、そうよね、と言った。そして本を脇《わき》に置き、両腕を広げる。

「おいで」

何が起きるのかはすぐにわかった。だけど、僕、ペットだもんな。こちらから遠慮するなと言っておいて、ためらうのはなしだろう。

真由香に身をあずけると、正面からぎゅっと抱きしめられた。肩まである髪から漂うシャンプーの香りに、息が止まりそうになる。否《いや》が応《おう》でも、鼓動が速くなった。

後頭部を撫《な》でられている感触がある。自己暗示をかけるように、僕は心の中で何度も繰り返した。ペット、ペット、僕はこの人のペットなのだ。そうでもしないと、変なスイッチが入ってしまいそうだったから。

数十秒でも、ずいぶん長く感じられるものだ。真由香は僕を解放すると、どこか気が緩んだような表情を見せた。

「まあ、悪くないかな。タロウに比べたら、ちょっと頼りない感じもするけど」

僕は苦笑する。「体格がずいぶん違いますからね」

「よろしくね。タスク」

下の名前で呼ばれただけなのに、その発音で僕はなぜだか、彼女が僕をようやくペットとして扱い始めたことを悟った。彼女が僕を呼ぶ声は、ほんのり温かくて耳に心地よかった。

こうして僕らの奇妙な同棲、いや飼育生活は始まった。

掃除に洗濯に料理、さらにはゴミ出しから郵便物の受け取りに至るまで、真由香は僕が少しでも家事をしようとすると怒る。ペットはペットらしく振る舞え、と言うのだ。独り暮らし経験者にとって、これは意外と難儀であった。ほぼ無意識に、家事らしきことをしてしまいそうになる瞬間があるからだ。観葉植物に水をやっただけで怒られたときなどは、さすがに僕も抗議しかけたが、何とか思いとどまった。僕の目的は、タロウの生活をなぞることである。タロウが水をやらなかったのなら、僕もやるべきではない。

僕も真由香も、外での仕事があるのでだいたい毎朝、決まった時間に家を出る。基本的に出勤は僕のほうが遅く、帰宅は僕のほうが早い。楠田駅から電車に揺られて通勤し、繁華街のほうでOLをやっているという彼女は家に帰るといつも、

「ただいまー！　今日も疲れたー」

とか何とか言いながら、出迎えた僕をハグする。僕は黙ってそれを受け入れる。このひとときが、自分でも案外好きだった。何度かキスもされそうになったけれど、それは顔を

肩にうずめるなどして回避した。嫌だから、ではない。美女を自負するくらいには整った顔立ちの真由香にそんなことをされると、どうしたって変なスイッチが入ってしまうのはわかりきっていたからである。

夜は、真由香はベッド、僕はじゅうたんの上に敷いた布団に寝る。でも、ときどきは添い寝もした。彼女は寝つきがよく、すぐに寝息が聞こえてきたけれど、僕は決まってなかなか寝つけず、次の晩にはそそくさと布団を敷くのだった。

手料理はおいしく、室内は清潔で、そのうえ飼い主はとても優しい。僕はただ、昼間は九十九書店で働いて、帰ったら真由香に好きにかわいがらせ、ときおり散歩に付き合っていればよかった。家賃も生活費も彼女は受け取らないし、相手がタロウではなく僕だからといって、何かを我慢している様子もない。

そんな生活が二週間も続くころには、僕はひとつの確信めいた思いを抱いていた。うむ、これは――。

4

「生活はどう、佑さん」

ある日のバー・タスクにて、トワコさんの質問に、僕はカウンターに身を投げ出すようにして答えた。

「最悪です」

「そりゃそうよね。女の人に飼われるなんて、まっとうな神経してたらつらいに決まってる」

せせら笑う未来に、僕はかぶりを振ってみせた。

「違うんです。その反対で、快適すぎるんですよ」

「俺はうらやましいぞお。そんな、ツバメみたいな生活」

里中が言い、《ひっ》と小さく悲鳴を上げた。おそらく、僕の答えにイラついた未来に、向こうずねを蹴《け》られたのだと思う。

「あらまあ。よかったじゃないの」

トワコさんはいつだって呑気《のんき》だ。僕はため息をつく。

「自分のことすら、何もしなくていいんですよ。これでは人間、だめになります。こんな生活になじんでしまったら、よそでは暮らせない体になってしまいそう……タロウさんが出ていった理由は、どうもそのあたりにあるような気がしますね」

「でも、その生活が三年も続いたわけでしょう。いまさら、と思わないでもないけど」

「それはそうなんですが……」

いまのところ、タロウが出ていった理由は何も判明していない。現在のペットたる僕から見ても、《このままではだめになる》という危機感くらいしか心当たりがなかった。

「飼われる側にはメリットしかない、みたいな話だけどさ。じゃあ、飼う側にはどんなメリットがあるの」

未来はどうしても、この珍妙な同棲生活を否定したいようだ。

「ペットと飼い主の関係に徹することが前提になりますが……まず、いつでも安全にスキンシップが図れることが挙げられますよね。未来さんも、たまには人肌恋しくなることくらいあるでしょう」

「それはまあ、なくはないけど」

「飼い主はその点、ペットで満たすことができます。それでいて、スキンシップ以上のことを求められる心配もない。恋人ならそうはいかないし、ケンカをしたり、嫉妬など負の感情が生まれたりといったこともあるでしょうけど、ペットならそんなわずらわしさとも無縁です」

要するに、この関係性は心地よさこそがすべてだ、と僕はとらえていた。僕はまだ、真由香に対してよこしまな感情が皆無ではないし、抑えるのには苦労もあるけど、それさえなければ本当に心地よさしか残らない。柔らかな毛布に包まれて、傷つくこともなく、ずっとまどろんでいられるような生活なのである。

「身体的なことだけでなく、彼女が落ち込んでいるときには、僕が話を聞いてあげたりもしますよ。恋人だとつい、力になりたい一心でよけいなアドバイスをしてしまうことってありませんか。でも、僕はペットだから飼い主に偉そうなことは言わない。話を聞いて、なぐさめるだけ。結果的には、それで気持ちが軽くなる場合も多いと思うんです」

「愚痴《ぐち》りたいだけなら、それこそ人間じゃなくて動物でも飼えばいい気がするけど」

「真由香さんのおうち、ペット不可物件なんですよ。人間なら同棲に差し障りはないし、トイレの世話も必要なければ、ものを壊されることもない。ある意味では、動物を飼うよりもずっと柔軟で負担が少ない——と、真由香さんは話してました」

「何だか私までうらやましくなってきたわねえ」

トワコさんがしみじみと言う。未来は劣勢と感じたか、お酒を飲んで悪態をついた。

「バカバカしい。そんなこと言ったって、何か問題があったからタロウさんは出ていったんでしょう」

「んん、そこなんですよね……どうしてなんだろう」

「事例が特殊すぎて、参考になりそうな話が身近にないんだよな。せめて、物語の中にヒントでもないものか」

里中は常連だけあって、すっかり事情を把握しているようだ。まずはトワコさんが僕に訊ねる。

「『きみはペット』はどうだったのかしら」

「ケンカなどが原因でペットが家出する展開もありましたが、どうも今回の件には当てはまりそうにないんですよね。主人公の二人、何だかんだで恋愛感情が皆無じゃないのは読めばわかるし」

「タロウちゃんにも恋愛感情があって、隠し続けるのに耐えられなくなったってことはないの」

「だとしたら、姿を消す前に一言あってもよさそうなものですよ。真由香さんには恋人がおらず、その位置に自分が収まる可能性だってあったわけですから」

タロウの気持ちを答え合わせすることはできないけれど、僕は自身の体験に基づいて反論した。三年間も、あんな生活を続けたのだ。男性側に恋愛感情があったら、きっと三年は我慢できない。三日だってしんどいのではないか。

「単純な恋愛とは違う同棲を描いた作品となると……江國《えくに》香織《かおり》の『きらきらひかる』とか」

未来が挙げるも、トワコさんにはしっくりこないようだ。

「あれも一応、形の上では夫婦だものねえ。ペットと飼い主の関係とは違うんじゃないかしら」

何だろう、その言葉が僕には、どこか実感が込められているように聞こえた。そういえばトワコさんとはこのひと月あまり、一緒に働いてきたけれど、彼女の私生活についてはほとんど何も聞かされていない。

「トワコさんも同棲とかそういうの、経験ありますか」

本当に何気なく、僕は訊ねてみた。苗字とか普段の感じからして独身なのは間違いないけれど、僕より十も歳上だし、そのくらいの経験はあるのではと考えたのだ。

次の瞬間、僕は背筋に冷たいものを感じていた。トワコさんが見せたのは――ごく短いあいだだったけれど――まったくの無表情だった。

「あるわよ。私の場合は恋愛絡みだったけど」

とてもじゃないが、話を掘り下げられない空気だ。助けを求めるように横を向くと、未来が《あちゃー》という顔をしている。

「トワコさん、プライベートなこと訊かれるとああなるんだよ。佑くんも気をつけな」

里中に耳打ちされ、僕はこくこくとうなずいた。出会って日が浅い僕なんかが、訊いてはいけないことだったようだ。

トワコさんの過去も気になるところだが、目下の主題は真由香とタロウだ。里中が場を和ませるように、わざとらしく頭をかいた。

「恋愛関係でない同棲、ねえ。言い出しっぺで悪いけど、適当な物語を考えつかねえな」

里中が好きなのは日本の近代文学だ。実態はどうだったか知らないが、時代背景などを考慮するに、恋愛でない同棲自体が存在しづらかったのではという印象はある。

「物語にヒントを求めるのは難しいか……仮に真由香さんの事情とよく似た作品があった

として、それがタロウさんの失踪《しっそう》を説明してくれる保証はないんですよね」

「そうよ。結局、佑さんが彼女を納得させられるだけの理由を見つけ出すしかないの」

それが、トワコさんの命じた仕事なのである。

「早くしないとまずいよなあ……このままじゃ僕、どんどんだめになっていきそうで。ただでさえ、どうしようもなくだめだったところから、やっと抜け出そうと動き始めたばかりなのに」

「何を弱気なこと言ってるの。元はと言えば、佑さんが首を突っ込んだのよ」

ぐうの音も出ない。おっしゃるとおり、藪《やぶ》をつついて蛇《へび》を出したのは僕なのだ。

「しっかし、そのツバメもたいそうなイケメンだったんだろうなあ。歳下の美女が、そこまで入れ込むなんて」

里中は言い、ウイスキーをあおる。どうも、話の伝わり方がじゅうぶんでないようだ。

「ですから、真由香さんとタロウさんは恋愛関係じゃなかったんですって」

「だとしても、だよ。見てくれがよくなけりゃ、自宅に置いてかわいがろうなんて思わんだろう」

僕は、真由香とタロウのツーショット写真を里中に見せた。何かあったときのために、僕の携帯電話に転送してもらっておいたのだ。

里中は老眼が始まっているのか、画面を顔から近づけたり遠ざけたりしたあとで、はああ、と間の抜けた声を洩らした。

「こりゃあ、美女と野獣だな」

「だからそう言ったじゃない」

未来が棘《とげ》のある調子で言い放つ。

「わかってもらえましたか。タロウさんはイケメンって感じの人ではないし、彼らは恋愛関係になかったんですよ。さ、返して――」

ところが、里中はなおも僕の携帯電話を手放そうとしなかった。顔との距離を何度も調整して、間違いない、とつぶやく。そして、意外なことを告げたのだ。

「俺、この人知ってるわ」

5

タロウの居場所を突き止めることが目的ではなかったので、その線ははなから検討もしなかった。だが、彼が出ていった理由を探るにあたって、本人に直接訊くのがもっとも確実には違いないのだ。

「さっき、配達中のメールが届いたからよ。もう一、二時間も待てば来るはずだ」

里中が携帯電話をチェックしながら言った。僕らはダイニングの椅子に、向かい合って座っている。

バー・タスクで話をした三日後、僕は里中の自宅に来ていた。楠田駅から歩いて五分ほどのその戸建ては、正確には自宅兼事務所だそうで、個人経営の会社をやっている里中にとって職場でもあるそうだ。

生活感と清潔感が同居する、いかにも《人んち》という感じの家だった。同居人の気配はない。しょっちゅうバーにやってくるから独身だと勝手に思っていたけれど、一軒家にひとりで住んでいるのだろうか。

「それにしても、奇遇でしたね。タロウさんが、まさか里中さんの自宅界隈を担当する宅配ドライバーだったなんて」

それが、里中がタロウの画像を見てピンときた理由だった。ひと月ほど前から、荷物の配達に来るようになったらしい。見た目にインパクトがある人だったこともあり、里中はタロウを憶《おぼ》えていたのだ。

宅配ドライバーは定期的に担当地域が変わる、という話を聞いたことがある。タロウがここからほど近い真由香の家を出ていったことと、新たにこの地域の担当になったことは無関係ではないかもしれないけれど、そのあたりは僕にはよくわからない。

「タロウくんが前回うちに来たのは、確か平日の昼間だった。同じ時間帯に配達を指定しておけば、会えると思うんだがな。ま、一度でだめなら、何度でもやってみようや」

里中はタロウに会うために、通販サイトで買い物をしてくれたのだった。前回も同じサイトで購入した商品を、タロウが自宅に届けたようだ。というわけで、僕は配達を指定した日時を待って、里中の自宅を訪れた。うまくいけば、真由香のもとを去った理由を本人の口から聞き出せるかもしれない。

玄関のほうを絶えず気にしながら、おのずと肩に力の入る僕を見て、里中が苦笑する。

「佑くん、そんなにジリジリしててもしょうがねえだろう。どうだ、ウイスキーでも飲むか」

「いえ、お気遣いなく」

「遠慮するなよ。値が張るのがあるぞ」

「大丈夫ですって。昼間から客にウイスキーを振る舞うってそんな、外国映画じゃあるまいし」

そんなことを言い合っているうちに、外から車のエンジン音が聞こえてきた。インターホンが鳴ると、僕は飛ぶようにして玄関へと向かった。

ドアを開ける。果たして、運送会社の制服に身を包んだタロウがそこにいた。

「タロウさん、ですよね」

僕が声をかけると、彼は警戒をあらわにした。

「あなたは?」

「新妻真由香さんの友人です。彼女、あなたが突然姿を消したことを気に病んでいます。

何か、悪いことをしてしまったんじゃないかって」

　すると、タロウはキャップを深く被《かぶ》り直した。

「おれたちの生活のことを、聞いたんだな」

「はい。彼女から、打ち明けられました」

「彼女は何も悪くない。全部、おれのわがままなんだ」

「どうして急に出ていったんですか。何の説明もなしに」

「答えられない」

　短いが、断固たる口調だった。

「……ではせめて、真由香さんに連絡をしてあげてください。あなたの口から理由を聞かないと、彼女はいつまでも自分を責め続けてしまう」

「それもできない。本当に申し訳ないと思っているけれど、もう関《かか》わらないって決めたんだ」

　言いながら、彼は荷物と受領証を差し出す。里中が応対すると、さっときびすを返した。

「待ってください。真由香さん、あなたがいなくなって泣いてます――」

「悪いが仕事中なんだ。おれのことは忘れて、幸せになってほしい。そう伝えてくれ」

　車に乗り込み、走り去ってしまう。僕はただ、呆然《ぼうぜん》と見送るしかなかった。

「わけあり、って感じだったな」

里中が僕の隣に並んで言う。

「何も告げず出ていったくらいですからね……でも、わかりません。何があそこまで彼をかたくなにさせているのか」

「彼が言い残したこと、真由香さんに伝えるのか」

「迷っています。彼と会ったことは、黙っておいたほうがいいのかもしれない」

またとない幸運、そしてせっかくの里中の協力も、残念ながら生かすことはできなかった。この出来事の影響か、里中の自宅付近は担当するドライバーが替わり、タロウがその後、里中の前に現れることはなかった。

6

「真由香さんはどうして、タロウさんを飼い始めたんですか」

ある夜、僕は真由香に訊ねてみた。部屋のソファーで彼女にひざ枕《まくら》をしてもらい、髪を撫でられていたときのことだった。

「そっか、タロウとの出会いについてはまだ話してなかったね」

彼女は遠くを見るようにした。引き締まったあごのラインが美しく、人のこんな部分を見上げる機会はめったにないな、と僕は思った。

「タロウを飼い始めた三年前、わたしは通信販売の会社に勤めていたの。そこで、お客さま対応係というのをまかされててね」

「テレフォンオペレーターですか？」

「ちょっと違うかな。オペレーターは注文を受ける係。わたしが対応するのは注文ではなく、お客さまからの苦情だった。要するに、クレーム処理ね」

なるほど。聞いただけで、つらそうだと感じる仕事だ。

「入社して間もなく割り当てられてからの五年間、わたしは同じ部署で……」

「新人のときから？　そういうの、商品に関する知識が豊富で、かつ場数を踏んだベテランがやってるようなイメージがありますけど」

「誰もやりたがらないから、人手が足りてなかったんだよ。それでわたしみたいな、頼まれると嫌とは言えないタイプの社員から回されていた」

一緒に暮らしているのでわかる。真由香はとてもおおらかで、心根の優しい女性だ。そういう人が、損な役回りになることは往々にしてある。

「先輩たちは、すぐに右から左へ聞き流せるようになるよって……でも、わたしは違った。お客さんから罵倒《ばとう》されたり、脅《おど》し文句を吐かれたり、そういったことにいつまで経っても慣れなかったの。元々、争いごとはすごく苦手だったから」

だから、頼まれると嫌でも引き受けてしまうのだ。頼んできた相手と争えないから。

「毎日身のすくむような思いを味わいながら、何がよくなかったんだろうとか、どうしたらお客さんに許してもらえるのかとか、そんなことばかり考えるようになって……おかしなことだけど、だんだん会社じゃなくて、わたし自身がクレームを言われているような気持ちになっていった」

そのときの心境が、僕には理解できるような気がした。状況は大きく異なるけれど、僕は会社を辞める直前、ずっと針のむしろに座らされているような感覚だった。誰かの叱咤《しった》も、失笑も、なぐさめさえも、つぶてのように飛んできて僕という人間を削《けず》っていくのだ。言葉は心をえぐる。自分に非があって、言われても仕方ないと思えるときですらそうなのだ。まして一個人に非があるわけではなかった真由香が、それでも暴言を浴びたとき、精神を蝕《むしば》まれてしまうのは無理もない。

「それでも我慢して働き続けていたら、自分でもはっきりわかるくらい、心も体も壊れていってね。でも、わたしより長くがんばっている先輩たちの前で文句も言えないし、弱っていることも態度に出せなくて。するとますます追い込まれてしまって……いまから振り返るとわたし、ものすごく恐ろしいことを考えてた。自分がもう、自分ではいられなくなってしまうようなことを。二度と自分には戻れなくなってしまうようなことを」

遠回しな表現を用いていても、痛いくらいに伝わった。彼女が何を考えていたのか。《仕事を辞める》などのまっとうな判断よりも手前に、どのような選択肢が見えていたのか。

「タロウから声をかけられたのは、そんなときだった。彼、商品の配送でうちの会社に来ていたの。それで、たまたま通りかかったわたしの顔を見るなり、言ったんだ」

――早まっちゃいけない。

「ものすごくびっくりしたのと同時に、わかってくれる人もいるんだって安心して、気づいたらわたし、その場に座り込んで号泣してた」

どうして声をかけたのかという問いに、タロウはこう答えたそうだ。

――いまのあなたの顔に、見覚えがあったから。昔、同じ顔をした人が身近にいたから。

「あとにも先にも、タロウがそれについて語ったのは一度だけ。どういう相手だったのかも、その人がその後どうなったのかも、彼は決して教えてくれなかった」

けれど間違いなく、真由香に声をかけずにいられないほどの出来事が、過去に起きたのだ。それだけで、説明としてはじゅうぶんだと思えた。

「わたしは次の日からしばらく仕事を休んだ。タロウはその間、毎日連絡をくれた。彼は何度も仕事を辞めるように言ってくれたけど、わたしはなかなか踏ん切りがつかなかった。そしたら彼が、《せめてペットでも飼いなさい》って。心の支えになるかもしれないと思ったんだろうね」

すでに現在と同じアパートに住んでいた真由香は、ペット不可物件であることを述べた。すると、彼が提案してきたそうだ――なら、自分を飼ってみませんか、と。

「常識外れだよね。さすがにわたしも怒ったよ、こんなときにふざけないでって」

ところが、タロウはあくまでも本気だった。それほどまでに、真由香が心配だったのだろう。彼女を救うのに必死で、なりふり構っていられなかったのだ。

「わたしもいきなりタロウとの同棲を受け入れたわけではなかった。だけど……試しに何日か過ごしてみたら、思いのほか楽しくてさ。タロウもわが家を気に入ってくれたようで、そのまま一緒に暮らすことになったの」

タロウとの生活は、とても心地よいものだった。野獣みたいな彼は冗談が得意で、落ち込んでいる真由香をいつも笑わせてくれた。それでも元気が出ないときには、優しく語りかけてくれたそうだ。

――いつまでも、そばにいるから。

「それで少しずつ心身の調子を取り戻していったわたしは、いったん復職したあとで、一年前に仕事を辞めた。いまは転職して、もうあのころみたいなつらい思いはしていない」

「一年前、か……もしかしたらそのときに、タロウさんは自分の役目を終えたと思ったのかもしれませんね」

「そうだね。それから一年かけて、自分がいなくなっても大丈夫かを見極めていたのかも」

彼女の頰《ほお》を伝った涙が、僕の耳にぽとりと落ちた。僕は指を伸ばし、彼女の目元をぬぐった。

「だとしたら、どうですか。もう、タロウさんなしでも大丈夫？」

「うん。彼には本当に感謝してるし、いなくなったからといってわたしはもう、あんな恐ろしいことを考えたりはしない。でもね……だからこそ、寂しいの。わたしの苦しみだけが、彼とわたしをつなぐ唯一の絆《きずな》だったのかと思うと」

ぬぐってもぬぐっても、涙があふれてくる。彼女は僕の髪をきゅっとつかみ、言った。

「タスクもいつか、この家を出ていく？」

答えることができなかった。出ていくだろう。出ていかなくてはならない。ここはあまりにも、居心地がよすぎるから。

「ずっと、ここにいてもいいんだよ」

なのに、心が揺らぐようなことを彼女はささやく。僕が半身を起こしたら、彼女はすがるように抱きしめてきた。

ときに人は、支えがないと立っているのすら難しいことがある。恋愛に依存したり、宗教にのめり込んだり、自分だけの世界に閉じこもって出てこなくなってしまったり。

一時的には、そうやって支えに甘えるのもいいと思う。立っていられなくなる瞬間を、僕は身をもって経験しているから。

だけど、その支えだって永遠じゃない。寄りかかりすぎて折れてしまうこともある。急にどこかへ消えてしまうことも。あるいは、その支えには棘が生えていて、頼れば頼るほど自分が傷だらけになってしまうことさえある。

いつかは自分の足で立たないといけない日が来るのだ。たとえ支えを失ったとしても、また歩き出せるように——いま僕と真由香を包んでいる暖かい毛布を引きはがされたとしても、寒さで凍《こご》えてしまわないように。

僕は真由香の抱擁《ほうよう》を解く。そして彼女の両肩に手を置き、その双眸《そうぼう》を見つめた。

「決着をつけましょう。でないと真由香さんも、僕も、このままではだめになってしまう」

彼女は少し傷ついたかに見えたが、それよりも続きが気になるようだった。

「決着、って?」

結局、こうするしかないのだ。僕は深く息を吸い込み、ひと思いに告げた。

「タロウさんの居場所、わかったんです」

7

真由香はそれから、ぐずぐずと一週間ほど迷った。いざとなると、なかなか勇気が出ないものらしい。それでも僕がタロウに会う方法を説明すると、やはり我慢できなくなったようで、最終的には会いにいくことを決めた。

善は急げ、心変わりの訪れないうちに――というわけで、真由香が腹をくった翌日の晩、僕らはタロウが勤める運送会社の営業所のそばにいた。

「いつも昼間の配達だったそうだから、戻ってくるのは夕方か夜になるはずです。最近担当地域が変わったみたいだけど、営業所までは変わっていないんじゃないかと」

もちろん、一度の試みで会えるとは限らない。里中の自宅で待ち伏せしたとき以上に、その可能性は低いはずだ。だが、これで会えなければ次の作戦を考えるまでだ。タロウもいくら何でも職までは替えていないだろう。手はいくらでもある。

「ところでタスク、今日はアルバイトのほうは大丈夫なの」

近くの角に身を隠して営業所の門をうかがいながら、真由香は僕のことを気遣う。

「トワコさんに事情を話して、了承を取りつけてあります。元はと言えば彼女が言い出したことですからね、問題ありません」

実際、トワコさんは有給扱いにしようか、とまで言ってくれたのだ。それはさすがに、僕のほうで遠慮したけれど。

「ならいいけど。ごめんね、こんなことに付き合わせちゃって」

僕は首を左右に振った。

「気にしないでください。これは、僕のためでもありますから」

でないと、いつまでも真由香に飼ってもらいたくなりそうだから。自分の足で立てなくなってしまうわけにはいかないのだ。

「そう……あっ。あれ見て！」

そのとき営業所に戻ってきたトラックの運転席を、真由香が指差した。

夜の暗がりの中で横顔が一瞬見えたに過ぎなかったが、それでも見誤ったりはしない。いまのトラックを運転していたのは、タロウだった。こんなにも早く、思いどおりにことが運ぶとは。

「どうします。突撃しますか」

「退勤までは、もう少し時間がかかると思うの。このまま、ここで待つほうがいい」

久々にタロウの姿を目の当たりにしていながら、真由香の意見はあくまでも冷静だった。

僕は同意し、再び出てきたところを捕らえようと待ち構える。

そして、しばらく経ってから聞こえてきた音に、うろたえることになるのだった。

「……ん？」

「タスク、どうかした？」

「何か聞こえませんか。ドドドドって――」

二人で目を見合わせ、はっとした。

「しまった、バイクか！」

慌てて営業所の門へ向かって駆け出すと、バイクにまたがる大男の姿が見えた。ヘルメットを被っているので顔は見えないが、あの体格はタロウに違いない。

「待って、タロウ、待って！」

真由香が叫ぶも、バイクのエンジン音が大きくて届かない。タロウはこちらを振り返ることなく、アクセルを回して走り去ってしまった。

真由香と二人、道の真ん中で立ち尽くす。通勤手段に考えが及ばないとは、われながら間抜けというほかない。つくづく、探偵小説ではありえない展開だ。

「タロウさん、バイク通勤だったんですね……」

僕が言うと、真由香は眉を八の字にした。

「わたしも知らなかった」

聞けば真由香と暮らした三年間、タロウはバイクを所有していなかったらしい。住所が変わった関係で必要になった、ということだろう。いずれにせよ、僕だって懸念《けねん》もしなかったのだから彼女を責められない。

「とにかく、ここに来ればタロウさんに会えることがわかったんですから、また出直しましょう──」

「タスク、危ない！」

真由香が悲鳴を上げたので、僕は後ろを振り返った。

自動車のヘッドライトが、僕の体めがけて突っ込んできた。そこからは、往年のドラマの名シーンさながらである。迫るバンパー。のけぞる僕。トラックではなく白のワンボックスカーだったが、ぶつかる寸前で車は停止し、運転席の窓ガラスが開いた。

バカヤロウ、死にたいのか――と、罵《ののし》られる場面だ。非は夜の車道の真ん中に立っていた僕にある。ところが次に聞こえた声は、まったく予想外のものだった。

「乗りな！」

「とっ――トワコさん！」

ハンドルを握っていたのは、九十九十八子その人だったのだ。

「どうしてここに……」

「説明はあと！　ほら、真由香さんも早く」

わけもわからぬまま、僕と真由香はスライドドアを開けて車に乗り込んだ。トワコさんがアクセルを踏み込むと、車は大きなうなりを上げて走り出した。

「こんなことだろうと思ったのよね。様子を見に来てよかったわあ」

得意げに言い、トワコさんは軽快にハンドルをさばく。

何から訊いていいものやら。ひとまず僕は、一番気になっていることを確認した。

「あの、いま九十九書店はどうしてるんですか……閉店にはまだ早いと思うんですけど」

「そんなの、何とでもなるわよ」

答えになっていない。けれども知るのが怖いので、それ以上の追及はやめにした。

大通りに出ると、前方にタロウのバイクが見えた。遠いが、何とか見失わずにいられる距離だ。帰宅ラッシュの時間で、道が混んでいたことが幸いした。

「この車、トワコさんのですか」

「元は親の車だったんだけど、譲ってもらったの。おんぼろだけど使い勝手がよくて、重宝してるのよねえ」

意外なことにトワコさん、ワンボックスカーが似合う。褒《ほ》め言葉にはなりそうにないので、黙っておいたが。

しばらく大通りを走っていたら、しだいに道が空いてきた。車と車の隙間《すきま》を縫って、タロウのバイクはすいすい進む。僕らの乗る車が、引き離され始めた。

「この野郎。もっとはよ走らんかい！」

トワコさんはハンドルをバンバン叩く。この人、ハンドルにぎると人格変わるんだ……。

「あ、タロウのバイクが左折しました！」

真由香が運転席と助手席のあいだに身を乗り出した。五秒ほど遅れて、同じ路地でトワコさんもハンドルを切る。しかし、その先は見通しの悪い住宅街で、タロウのバイクは見当たらなかった。

「これだけ曲がり角が多いと、どうしようもないわねえ」

トワコさんは車を徐行させながら言う。

「でも、大通りを逸《そ》れて住宅街に入ったわけですし、タロウさんの家はここから近いんだと思います。バイクを捜してみましょう」

僕の提案で、トワコさんは車を低速のままあちこち走らせた。幸いにもこのあたりの建物は、駐輪場が屋外にあるところがほとんどで、僕らは夜の闇《やみ》に目をこらしつつバイクをチェックしていった。

そうして二十分ほどが経過したころ、真由香が左の方向を指差した。

「あれじゃない？」

トワコさんが車を寄せると、古ぼけたアパートの駐輪場に、一台のバイクがとまっているのが見えた。車であとを追っていたから、ナンバーは頭に入っている。間違いなく、タロウのバイクだった。

「共同の駐輪場だから、何号室かまではわからないわねえ」

「出てくるのを待つしかなさそうですね。だけど、もうすぐ八時か。今夜はもう、どこにも出かけないんじゃないかなあ」

「明朝の出勤時を狙《ねら》うことにして、今夜はここで引き上げてはどうかしら」

トワコさんにしてはめずらしく常識的な判断だったが、真由香は難色を示した。

「朝は難しいです。わたしにも、仕事がありますから」

「それもそうか……なら、ほかに方法はないわよねえ」

「ほかにって、何か考えがあるんですか」

訊ねた僕をルームミラー越しに見て、トワコさんは言った。

「佑さん。新たな仕事を命じます」

「えっ、何でしょう」

「このアパートを全室当たってちょうだい。タロウさんに会えるまで」

いや、いやいやいやいや。僕は両手を突き出して抵抗した。

「こんな時間にそんなことしてたら、通報されますよ。それに、部屋数も多そうだし」

「つべこべ言わず、行ってきなさい。ほら、早く」

「嫌ですってば。ちょっと、何ですかいまのガチャンって音。鍵《かぎ》開けなくていいから
――」

僕とトワコさんで押し問答していた、そのときだ。

「タロウ！」

真由香が叫んだ。僕らもつられて、彼女と同じ方角を見やる。

アパートの二階の外廊下に、人の姿があった。タロウだ。まさかこの時間に、外出してくれるとは。

すぐに、真由香が車を降りようとする。だがスライドドアに手をかけたところで、トワコさんが彼女を制した。

「待って。誰かと一緒みたい」

再度、外廊下に目を向ける。タロウに続いて、小柄な女性がひとり、小型犬を抱いて部屋から出てくるのが見えた。

二人と一匹は階段を下り、アパートの外に出て通りを歩いていく。犬の首輪につながれたリードを持っているのはタロウだ。そしてもう一方の手を、女性がじゃれるように取った。相手の指と指のあいだに、自分の指をはさんでいく——恋人つなぎ、と呼ばれる手のつなぎ方だった。


「……どうしてわたし、思い至らなかったんだろう」

真由香が、か細い声でつぶやいた。

もはや、タロウが真由香のもとを去った理由は明らかなように思われた。しかもそれは、ある意味では容易に想像がついたはずのものだった。けれども真由香の、飼い主という目線が、彼女の思考の中に盲点を作っていた。

「自分が何か悪いことをしたんじゃないかって、いっぱい気に病んで……わたしとは無関係の事態によって出ていったなんてこと、考えもしないで」

だって、ペットと定義したから。同棲しているあいだも、飼い主のいない場所でも当然営まれていた生活を、想像できなくなってしまっていたから。

「――恋人、できたんだ」

タロウは一緒に暮らしたいと思う女性を――真由香と縁を切ってでも、そうしたいと思える女性を見つけたのだ。ただ、それだけのことだった。

これまで僕は、かつて真由香を救うことに必死になった、それだけの優しさを持ったタロウが、何の説明もなしに真由香の家を出ていったのが不思議でならなかった。僕に伝言を頼むくらいなら自分の口から話せばいいのではないか、真由香が自分を責めるのを防ぐためにも、彼女は悪くないことをきちんと伝えるべきではないのか、と。

けれども事実を知って、タロウは話すに話せなかったのかもしれないな、と思った。そもそも真由香とタロウの関係は、バー・タスクで未来が否定的な反応を強く示したように、他人から簡単に理解されるものではない。おそらくタロウはいまでも恋人に、真由香との生活のことを打ち明けていないのではないか。その事実を完璧《かんぺき》に隠し通すつもりなら、真由香とはきっぱり縁を切り、二度と関わらないようにするしかない。恋人に知られたとき、ペットと飼い主という関係に触れることなく、真由香を紹介するのは不可能だからだ。

ものすごく自己中心的で、無責任な別れだと思う。だけど、そうでもしないと抜け出せなかったというのなら、僕にはわかる気もする。真由香との生活が、それほど心地よかったから。ほかの誰かを愛したときですら、心を鬼にしないと引きはがせないくらい、暖かくて優しい毛布のようだったから。

あっけない結末を、真由香がこんな言葉で締めくくる。

「でも、よかった。タロウが幸せそうで」

そのとき、タロウが通りの向こうでこちらを振り返ったのは——たぶん、単なる偶然だろう。

「真由香さんも、幸せになりましょうね」

僕は言い、彼女の涙をぬぐった。トワコさんが車を動かすと、タロウたちの姿はすぐに夜にまぎれて見えなくなった。

8

手紙が届いたの、と真由香は僕の隣で言った。

タロウを見かけたあの日から、三日が過ぎていた。トワコさんに課された仕事を終え、僕は明日、世話になった真由香の家を出ることになっていた。その、最後の晩に、彼女をバー・タスクへと連れてきたのだ。

「手紙って、タロウさんから？」

僕は目を丸くする。

「ええ。彼なりに、思うところがあったのでしょうね」

去り際にこちらを振り返った、タロウの姿が思い出される。あのとき、真由香に気づいていたのだろうか。それとも、やっぱりあれは単なる偶然で、別の理由から筆を執《と》る気になったのだろうか。

「同じ家にいたのに、そんな手紙には気づかなかったな」

「当然よ。タスクには、郵便受けを触らないよう言ってあったもの」

「それで、どんなことが書いてあったんですか」

この問いに、真由香は寂しげな笑みを見せた。

「突然出ていったことを詫びてたよ。それと、恋人ができたから一緒に暮らせなくなった由も」

そこまでは、すでに僕らで突き止めたことを確かにしただけだ。ただ、手紙には続きがあった。

「タロウはかつて、気がかりな顔をした人が身近にいながら声をかけてあげられなかったことを、ずっと悔やんでいたそうなの。だから同じ顔をしたわたしを見つけたとき、必死になって救おうとした。それはわたしのためであると同時に、彼が自分自身を許すためのおこないでもあったのだと」

真由香がタロウを必要としていただけではなく、タロウにとっても真由香のような人が必要だった。僕が真由香との生活に心地よさを覚えていた以上に、二人の関係は緊密で強固なものだったのだ。

「だけど結局のところ、わたしを救うことで自分を許すのは、過去から目を背けているだけなんじゃないかと思ってからは、過去と向き合いながら生きていく覚悟ができたみたい。そして、弱ってるからという理由で通りすがりの誰かを大切にするのではなく、大切な人が弱っているときにちゃんと声をかけてあげられるようになりたい、と綴《つづ》ってあった」

「かつて身近にいた人がその後、どうなったのかは」

「書いてなかった。悔いている、とだけ」

以前、真由香にこの話をしたときも、タロウはその先を明かさなかった。むやみに語らないことで、自分の中に線を引いていたのかもしれない。

「返事、出すんですか」

「ううん、やめとくよ。返事が欲しくないから、手紙にしたんだろうなと思うし。わたしももう納得したから、タロウの幸せを陰で祈ることにする」

それがいいかもしれない、と思った。九十九書店で泣いていたときよりも、彼女は強くなったみたいだ。

「──未来ちゃんが、美女と野獣って言ったの、憶えてる?」

それまで黙って聞いていたトワコさんが、唐突に口をはさんできた。

「タロウの写真をお見せしたときのことですよね。憶えています」

「じゃあ、『美女と野獣』がどんなお話かは知ってるかしら。原作も映画も何通りかあって、それぞれ細部は異なると思うけど、最終的にどのような結末を迎えるのかは」

「確か、真実の愛を手に入れた野獣が、人間の姿に戻るのですよね」

真由香の答えを聞いて、トワコさんは微笑んだ。僕には見せたことがないくらい、穏やかな笑みだった。

「タロウちゃんも、真実の愛を手に入れて獣から人間に戻ったのね」

仲よさそうに手をつなぐ、タロウと女性の姿が思い浮かぶ。なるほどあれは、真実の愛と呼びたくなる光景だった。

「真実の愛、か。それって、どんなにか素晴らしいものなのでしょうね」

真由香はまぶしがるように目を細めた。

「いまでもわたし、タロウに対して抱いた感情を、恋愛だとは思っていません。だけどそれとは別に、タロウのことをすごく深く愛していたんだな、とも感じるんです。あれだって、きっと真実の愛でした。——でも、あの女性には敵わなかった」

「勝ち負けの問題じゃないんですよ。愛情にも、さまざまな形があるってだけで」

僕はあえて知った風な口を利《き》いた。短いあいだとはいえ、真由香の愛情を受け取った身として——獣を人に戻す愛情もあれば、人を獣にしてしまう愛情もある。それだけのことなのだ。

「そんな真由香さんには、こちらのお酒なんていかがでしょう」

そう言ってトワコさんが差し出したのは、淡いピンクのショートカクテルだった。

「これは？」

「フェアリー・ベルというカクテルです。ジンをベースにアプリコットブランデー、グレナデンシロップ、そして卵白を混ぜてあるので、アルコール度数は高めですが口当たりは優しいかと」

真由香がグラスの脚を持つ。一口飲んで、笑顔になった。

「おいしい！　アルコールの嫌な感じがせず、まろやかで優しい甘さですね」

「お口に合って何よりです」

トワコさんは一揖《いちゆう》し、薦《すす》めた理由を語った。

「『美女と野獣』の主人公は、ベルと呼ばれる女性です。この《ベル》は人名ではなく、美女を表すフランス語 Belle なのです」

「へえ、そうだったんですね」

「フェアリー・ベルも同じく、妖精《ようせい》のようにかわいらしい美女、という意味のネーミングです」

「まあ。わたしにぴったり」

あ、やっぱり美女は否定しないのか。トワコさんはくすくす笑って、

「その意気です。真由香さんならきっと、すぐに真実の愛を見つけられますよ」

「はい。がんばります」

もう、彼女はペットに依存しなくても大丈夫だろう。彼女が一歩を踏み出したことはうれしく、そしてちょっぴり寂しくもあった。

ところで今宵《こよい》、タスクにいるのは僕ら三人だけだった。真由香のお酒も含め、僕の仕事に対する報酬という形で飲ませてもらっているから実質、客はゼロだ。

ところがこのときになってようやく、扉が開いて客がひとり入ってきた。遠山未来である。

彼女はもはや指定席となった一番奥の席ではなく、僕をめがけてつかつか歩み寄る。そして、こちらの顔面を指差して言った。

「あたしにも、佑さんを飼わせて！」

……はあ？

「人を飼うってのがどういうもんだか、気になって仕方ないのよ。佑さんなら妙な気起こさないで済みそうだし、ちょうどいいから。次は、あたしのペットになって」

「いや、ちょっと、未来さん落ち着いて」

助けを求めて隣を見るも、真由香は何だか愉快そう。

「わたしも寂しくなったら、またお願いしようかな。タスクもなかなか悪くなかったし」

「ええ？　トワコさん、何とかしてくださいよ」

「私も飼ってみようかしら。佑さんをいじくり回すのも、おもしろそうだものねえ」

それはもう、現在進行形でやってるじゃないか！

三人の女性がいっせいに、おまえを飼わせろと迫ってくる。人生最大のモテ期かもしれない……あくまでもペットとして、だが。というか、現在の女性陣の僕に対する目つきこそ、まさしく獣のようなのはいかがなものか。

せめて、人として扱ってくれないか。三人からの申し出をかたくなにお断りしながら僕は、自分も早く真実の愛を手に入れたい、と切実に思った。

3RD
TASK

『破局』

1

「――仕事があるの」

トワコさんは、どことなくもの憂げにそう言う。

県下随一の繁華街から電車で二十分弱、楠田駅の近くの細道にある九十九書店は僕の職場だ。地下には書店の店長、九十九十八子さん――これでツクモトワコと読む――がひとりで切り盛りするバー・タスクがある。僕はそこの常連だけれど、お酒を飲むのにお金は払わない。むろん、毎回無銭飲食をしているわけでもなく。

ここひと月ほどは、まずまず平和にこのバーを利用してきた。だがそれも、今日に備えてお酒を飲ませてもらっていたようなものだ。たまにトワコさんから課される、一風変わった《仕事》。それを果たすことが、バー・タスクにおける僕の飲み代の代わりなのである。

「仕事、ですか」

ついに来たか。僕の手元にはトワコさんが注文を聞かずに作ってくれた、カミカゼのグラスがある。ウォッカにコアントローとライムジュースを混ぜて氷を浮かべたこのカクテルは、アメリカで生まれ、日本の神風特攻隊を彷彿《ほうふつ》とさせる鋭い味わいからその名がついたのだという。今日の僕に宛てたトワコさんからのメッセージがその名前に込められている、なんてことがなければいいのだが。

「ゆうべ、うちのお店に来たお客さんの愚痴《ぐち》を聞いていたらね。これはどうも、佑さんの出番じゃないかって」

トワコさんは僕の前に置いたボトル——何を用いてお酒を作ったのかを客に示しているのだ——を片づけながら、淡々と語る。僕の十個ほど歳上《としうえ》、三十代の半ばで、語り口調や醸し出す雰囲気はおっとりしているが、たまに空気が凍るほどの迫力を見せる。僕が九十九書店で働き始めてからの二ヶ月、毎日のように顔を合わせているけれど、相変わらず謎多き女店主だ。

昨晩は、僕はここにいなかった。その愚痴を吐いたという客とのあいだに、どんなやりとりがあったのかは知る由もない。しかし、カウンターに並ぶ常連の里中淳之介や遠山未来がニヤニヤしているところを見ると、彼らは事情を把握しているのだろう。

嫌な予感がする。僕は訊《たず》ねた。

「で、仕事の内容は」

「今夜、そのお客さんにまた来てもらうことになってるの。話はそれから」

だからトワコさんは今晩、僕をタスクへ誘ったのか。勤務中に《絶対来てね》と耳打ちされたとき、ちょっとだけ照れたことを僕は心底、後悔した――トワコさんは、耳打ちした男性を骨抜きにできる程度には美人なのである。

「こんばんは」

扉が開いた。入ってきたのは、トワコさんと同年輩かやや若いくらいの男性だった。

メガネをかけ、人のよさそうな顔立ちをしている。ダークグレーのスーツを着ているから、仕事帰りなのだろう。僕から席をひとつ空け、里中の隣の椅子《いす》に座った。

「I.W.ハーパー。ロックで」

男性は慣れた様子でバーボン・ウイスキーを注文する。トワコさんがお酒を用意するあいだに、唯一の初対面である僕と互いに自己紹介を済ませた。

「上の書店で働いている、長原佑といいます」

「小出俊平《こいでしゅんぺい》です。ここへは昨日、初めて来ました。書店さんの経営するブックバーがあるって聞いたから、気になって」

タスクはブックバーという看板を出していただろうか。記憶になかったが、ここの常連の未来や里中、それにトワコさんはよく本の話をしているので、ブックバーを求めてやってきた人でもそれなりに楽しめるだろうとは思った。

「小出さんも、読書がお好きですか？」

「はい。主には翻訳モノを」

このお店に翻訳小説好きはいただろうかと思っていたら、

「さすが書店の店長だけあって、トワコさんが本当にお詳しくて。昨日はつい、話し込んでしまいました。ちょうど、村上春樹《むらかみはるき》訳の『グレート・ギャツビー』を読み終えたばかりだったんです」

ウイスキーのグラスを差し出しながら、トワコさんはにこりと微笑《ほほえ》む。つくづく、この人の守備範囲は広い。

「楽しかったですわね、『彼を愛したことは一度もないと言え』議論」

「何ですか、それ？」

僕の問いに、小出が答えた。

「夫と子を持つデイジーという女性に対して、かつて彼女と恋仲にあったギャツビーがそのように迫る場面があるんです。つまり、夫のことは愛していないと本人の前で言え、と。そこまで求めるのは傲慢、あるいは幼稚じゃないか、という議論でして」

「主人公のニックも、『過去を再現することなんてできない』とギャツビーを諭すのよね。一方、ギャツビーは『できないわけがない』と。でも結局、デイジーは自分に嘘《うそ》がつけなかった。彼女は夫を愛していた」

「すみません、ストーリーをよく知らないんですが……デイジーとギャツビーは不倫をしているんですか」

「不倫、ね。俗っぽくなりすぎる気もするけど、まあそういう表現になるのかな」

「デイジーの夫のトムもまた不倫をしていて、そこから昨日の、小出さんの話につながったのよね。というわけで小出さん、あのお話、佑さんにもしてあげてくださいな」

了解です、と言って小出はグラスを持ち上げた。

「ぼくはとある証券会社に勤めています。職場は繁華街のほうにあるんだけど、ごみごみしたところが好きではないから、住む部屋はこっちのほうに借りていて」

楠田は典型的なベッドタウンである。家賃は繁華街周辺に比べるとずっと安いし、通勤にも便利だ。

「ぼくが現在配属されている部署は、男女合わせて十一人と少人数で回しているので、内《うち》輪《わ》でトラブルがあると困るのですが……」

というからには、トラブルがあるようだ。

「同期の男と後輩の女性社員が、どうも不倫をしているようで。二人が腕を組んでホテルから出てくるところを見た、と同じ部署の人間が言っているんです」

その同期の男の名は、渡部《わたべ》理《おさむ》。五年前に結婚し、息子もいるそうだ。女性社員は、中条《なかじょう》恵《え》梨《り》香《か》というらしい。

「それは、きっかけしだいで職場の空気が大変なことになりそうですね」

同情を込め、僕は言う。小出は口をへの字に曲げた。

「中条さんは、ちょっと生意気なところもあるけどかわいい後輩でして。ぼくも目にかけてきただけに、彼女が今後いづらくなるようなことが起きたらと思うと心配なんです」

気遣いがうかがえる声音だった。面倒見がよさそうだ、という印象を受ける。

「同じ妻帯者として、同期の男を許せないでしょう」

トワコさんが言うので、僕は小出も既婚者であることを知った。左手の薬指に指輪はなかったから、普段は外しているのかもしれない。

「そうですね。正式にお付き合いをして、後輩を幸せにするというのなら認めるしかないのでしょうが、不倫となると……」

「小出さんは、渡部さんと仲がいいの？」

「同期ですから、新人のころは一緒に飲みにいったりもしました。だけど、だんだんライバルみたいになっていって……もっとも、いまじゃあいつは有能でぼくは凡庸《ぼんよう》と、すっかり水をあけられているんですが」

「直接、不倫をやめるようにと言える間柄ではないのね」

「言ったところで、うまいことかわされておしまいでしょうね。そういうところ、あいつは抜け目ないから」

そこで、トワコさんはこちらを向いた。

「というわけで、佑さん。今回は、その不倫カップルを破局に追い込んでほしいのよ」

「はあ、破局に……えっ」

一瞬遅れて、僕は顔の前で手を振った。

「無理ですよ、そんなの。これまでの仕事と、毛色が違いすぎます」

これまでの仕事は、少なくとも他人の恨みを買うおそれなどはなかった。しかしカップルを破局に追い込むとなると、たとえ本人のためであっても、恨みを買う可能性は否定できない。そんな厄介な仕事は御免だ。

けれどもトワコさんは、僕の反発などどこ吹く風である。

「大丈夫よ。世の中には、別れさせ屋なんていう職業も成り立ってるみたいだし。ほかの人にできることが、佑さんにできない道理はないわ」

この人は僕を何だと思っているのだろう。僕はほかの人にできる仕事ができなくて、会社を辞めた人間なのに。

「不倫がよくないのはわかりますけど、別れさせようなんてのはお節介が過ぎるんじゃないでしょうか。そもそも人から言われて別れるくらいなら、初めから付き合わない気がします」

「そりゃあ、正面切って『別れなさい』と迫ってもだめでしょうよ。作戦を考えないと」

トワコさんが言う。真剣に考えている風を装いつつ、どうも楽しんでいる節がある。

「難しいでしょうが、ぼくも部署内のトラブルの芽は早いうちに摘んでおきたくて。部署の人間だけではできないこともありますし、第三者に協力してもらえるなら、こんなにありがたい話はないな、と」

小出にそう頼み込まれると、こちらとしては無下《むげ》にもできない。

「でも、作戦ってどんな?」

「私、詳しくは知らないんだけど」と、トワコさんはひじに手を添える。「別れさせ屋の常套《じょうとう》手段といったら、やっぱり別の異性に言い寄らせてその気にさせる、というものかしらね」

「佑さんは男性だから、恵梨香って子に言い寄ることになるのね」

うきうきと口をはさんだのは未来だ。

「言い寄るだなんて、そんな」僕は青ざめた。「僕、別にイケメンでもないし、女性を口《く》説《ど》くのにも慣れてないし、もちろんお金もないし……」

「その作戦はどうかなあ。有効だと言えるでしょうか」

小出の発言は僕の男性としての魅力を軽んじているとも解釈できるが、実際彼の言うとおり、有効だとはとても思えない。

「あら。佑さん、よく見るとなかなか男前よ」

トワコさんのこれは本心ではなく、ただ話をおもしろくしたがっているだけだ。親戚《しんせき》の

おばさんみたいに心のこもらない褒《ほ》め方である。と思っていたら、

「そうそう、佑さんって全然モテそうにないって言うか、異性として見られない雰囲気を持ってるけど、顔の作りは悪くないのよね」

　未来もトワコさんの評価を支持した。彼女は僕にお世辞を言うようなタマではないから、その美醜の判断規準の正確性は脇《わき》に置くとして、本心であることは確かだろう。前段でけなしたのも含めて。

「そ、そうですかね？」

　ここでちょっといい気になるのが、われながら情けない。押すべきところと見たのか、未来が作戦をさらに練ろうとする。

「佑さんひとりの力では、正面突破は厳しいだろうから、運命的な出会いを演出してあげないとね」

「それなら、お洒落《しゃれ》なバーのカウンターで隣に座るってのはどうだ」

　里中が声を上げるも、未来はしかめっ面《つら》をした。

「運命的な出会いがバーって、発想がハードボイルドすぎる。だいたい、バーで歯の浮くような台詞《せりふ》を言うなんて、佑さんには向かないでしょう」

「中条さん、バーにはあまり行かないと思います。お酒、そんなに強くないみたいだし」

　小出も反対の立場を示す。

「佑さんのキャラクターから考えて、落とした財布を拾ってもらうっていうのはどうかしら」

トワコさんがまたぞろ僕をからかうような案を出す。これに、未来も賛同した。

「それ、いい！　佑さん、ちょっと優しくされただけですぐコロッといきそうな感じだし」

僕が落ち込んでいる時期に優しくしてくれた女性に告白した過去だけを見て、未来は勘違いしているのだ。

「嫌ですからね、好きでもない女性に言い寄るなんて。ていうか、財布を落としたくらいで異性を振り向かせられるんだったら、この国の路上は財布だらけに――」

口をつぐんだのは、トワコさんが目に見えて不機嫌になったからだ。彼女は手に持っていた布巾《ふきん》か何かを、カウンターに雑にほうった。

「いいわよ、佑さんにはもう頼まないから。その代わり、このひと月のお酒代、払ってね。大マケにマケて、十七万円でいいわ」

十七万円！　月のバイト代が丸々飛んでしまう額だ。そして言うまでもなく、トワコさんは僕に給料を月々いくら支払っているかを把握している。そのうえで、現実的に払えそうな額をふっかけているのである。

「……期待はしないでくださいよ。これは負け戦です」

トワコさんは満足げに微笑み、未来が「ファイト！」と無責任に応援し、小出は苦々しい表情を浮かべている。僕はカミカゼを飲み干しながら、やはりこれは玉砕前提の望まぬ特攻だ、と気がついた。

2

あまりに仕事ができなくて鬱《ふさ》いでいた会社員時代、上司からこんな言葉をかけられたことがある。

「仕事ってのはな、総じて自分ができると思っているよりも、ちょっと難しいものが舞い込んでくるもんだ。その、ちょっと難しい仕事を乗り越えることで、人は成長していくんだ。長原も、いまはそういう時期ってことだ。苦しいかもしれんが、ここで逃げたら後悔するぞ」

断っておきたいのは、僕は職場に恵まれなかったとは感じていない、ということだ。いわゆるブラック企業などではなかったし、この上司にしても、僕の異変に気づいて励ましてくれるような優しさを持った人だった。

それでも僕は、仕事を辞めた。そしていままでも、その決断を後悔してはいない。あのまま職場にとどまっていたら、僕はだめになっていたと思う。現在は、アルバイトという身分ではあるものの、あのころとは比べものにならないほど穏やかな日常を過ごしている。

神は乗り越えられる試練しか与えない、なんて僕は信じない。人には乗り越えられる試練と、乗り越えようとしてはいけない試練があるのだ。

ならば、この仕事はどっちだろう。自分を成長させてくれる《ちょっと難しい》仕事か、はたまた逃げるべき仕事か——そんなことを考えながら、僕は夜の街で張り込みをしていた。

「……あ、来た。彼女だ」

隣で小出俊平が、片側二車線の道路をはさんで反対側の歩道を指差す。

夜、僕らは小出の勤務先の証券会社が入るビルの入り口を見張っていた。退勤する中条恵梨香を待ち伏せし、彼女に財布を拾ってもらうためである。

彼女を待つあいだ、小出は「こんなやり方でうまくいくのかなあ」と何度も首をかしげていた。僕だって、うまくいくとは思っちゃいない。ただトワコさんのお気に召すよう、指示にしたがうまでである。

ビルから出てきた中条恵梨香は、グレーのスカートスーツに身を包んでいた。背丈はやや低め。あたりが暗いのではっきりとは見分けられないが、整った顔立ちをしている。伸びた背筋やきびきびした歩き方などからは、気の強そうな印象を受けた。

「いきなりだと怪しまれるかもしれないから、しばらくあとをつけてからにしようか」

小出の提案で、僕らは中条に姿を見られないよう気をつけつつ、道路の反対側で彼女をつけた。中条は電車通勤をしているとのことで、駅までの道のりはわかりきっており、適当な距離を保って追いかけるのは簡単だった。

やがて交差点に差しかかったところで、小出が僕に身を隠しながら言った。

「このあと、彼女は横断歩道を渡ってこっちへやってくる。佑くんは、彼女が来るのを待って財布を落とせばいい」

僕はあたりを見回した。人通りはそれほど多くない。確かに絶好の機会だ。

「近くにいて中条さんに見つかったらいけないから、ぼくは離れた位置から見守ることにする。あとはまかせたよ」

小出が立ち去ると、にわかに心細くなった。やがて歩行者信号が青になり、中条がこちらに近づいてきた。

同じ場所に立ち止まっているのも変だ。僕は横断歩道を渡ろうとして、道を間違えたことに気づいて引き返す、という演技をした。うまくできたかはわからない。挙動不審に見えたかもしれない。

とにかくこれで、中条とのあいだにほかの通行人はいなくなった。僕は後ろを確認できないことにもどかしさを感じつつ、横断歩道から五、六歩離れたあたりで、肩にかけたトートバッグを探るふりをして財布を路上に落とした。

もちろん誰かに持ち去られてもダメージがないように、財布は偽物だ。中には最低限の小銭と、期限の切れたポイントカードが何枚か突っ込んである。だが、一度この方法に失敗したらやり直しは利《き》かない。中条が財布を拾わなかった場合、同じことを繰り返すのはいくら何でも不自然だからだ。

どうか拾ってくれ――僕がそう祈ったときだった。

「すみません」

肩を叩《たた》かれ、思わずガッツポーズをしそうになった。

振り返る。中条恵梨香が、僕の落とした財布を手に立っていた。

「落としましたよ」

わずかに口元を緩ませて、こちらを見上げている。間近で見てもやはりきれいだ。肩まである黒髪は、毛先が少しウェーブしている。歳は僕のひとつ上らしいが、しっかりしているように見えるので同世代には感じられない。

用意していた言葉を述べるだけなのに、僕の舌の回りは悪かった。

「あ、ありがとうございます。えっと、これをなくしたらどこへも行けなくなるところでした。つまりその、助かりました」

自分でもぎこちないとわかった。中条は会釈《えしやく》して立ち去ろうとする。僕は必死で呼び止めた。

「待ってください。あの、お礼をさせてほしいのですが」

　すると、彼女は怪訝《けげん》そうな顔つきになった。

「お礼ですか？　いえ、結構です」

　食い下がればなおのこと警戒されるだけだろう。思い余った僕は、時代劇の町娘みたいな台詞を口にしてしまった。

「せめて、お名前だけでも……」

「本当に、結構ですから。お財布拾っただけですし」

　このうえ彼女を引き止める術《すべ》など、僕は持ち合わせていなかった。去る中条を見送ったあとで悄然《しょうぜん》としていると、小出が戻ってくる。彼は苦笑していた。

「全然だめだったね」

「だから言ったんですよ」

　僕の心は早くも折れかかっていた。

「もうやめましょう。こんなことしても中条さんを怖がらせるばかりで、振り向かせるなんて夢のまた夢です。小出さんからも、トワコさんに作戦の中止を訴えてください」

「作戦は中止しないわよ」

　一時間後、バー・タスクにて。僕の哀願を、トワコさんは言下に切って捨てた。

「最初はそんなもんでしょう。お財布を拾ってもらったくらいで仲よくなれると思ったら大間違いだわ」

未来がうんうんとうなずく。

「お礼したいなんて言われたら、あたしだって警戒するね」

「じゃあ何でやらせたんですか……」僕は愕然《がくぜん》とする。

「まずはどこかで出会ってないと、先に進めようがないでしょう。大丈夫、縁があるってわかったら、彼女もきっと警戒を解くはずだから。そのためにも、今度は小出さんに働いてもらわないと」

「はあ」

小出もあまり気乗りしない様子だ。それでもトワコさんの言うことを聞いてしまうあたり、僕らはそろってお人よしである。

一週間が経《た》ったころ、書店で勤務中の僕の携帯電話が、小出からのメッセージを受信して震えた。

〈今夜の中条さんの動向をつかんだ。作戦を決行に移したい〉

ただちに報告に向かう。バーにいるときとは異なるエプロンを身に着けたトワコさんは、本棚に並んでいる本を整理する手を止めた。

「今日は早めに上がっていいわ。がんばってね」

そのとおりにし、いったん帰って服をマシなものに着替える。夜を迎えて騒がしい繁華街の一角、指示されたお店の前に出向くと、小出が僕を見つけて手招きをした。

「同期の女性社員と今夜、ここのオイスターバーへ行こうって話してるのを聞いたんだ。たぶん、もう店内にいると思う」

偶然を装って、僕が飲食店で中条恵梨香と再会する。これが、トワコさんの考えた第二の作戦なのだった。

「そのとき小出さんがそばにいれば、中条さんも佑さんを警戒しなくなるわよ」

とはトワコさんの談である。確かにどこの誰かもわからない状態よりは、同僚の知人だと判明してからのほうが、気を許しやすくはなるだろう。この再会のために小出は、中条が特定の飲食店へ行くという情報をキャッチし――しかも本人から直接聞いてしまうと偶然を装えなくなるので、あくまでも盗み聞きするような形で――それを僕に伝えた。このあと中条と出会ってから、小出はたまたま同じ店に来たという芝居をしなくてはならない。だからトワコさんは小出に、《働いてもらわないと》と言ったのだ。

「だけど、ぼくと佑くんの二人きりじゃ、ちょっと不自然じゃないかな」

小出の心配はもっともである。その点、すでに手は打ってあった。

「助っ人《すけと》を呼んであります。そろそろ来るかと――」

そこに、小走りで近づいてくる女性の姿があった。

「佑さん！」

「来てくれてありがとう、未来さん」

僕が礼を言うと、未来はにっこり笑った。タスクにいるときはいつもドレスみたいなワンピースを着ているけれど、今夜はオフショルダーのトップスにパンツというカジュアルな装いだ。

「どういたしまして。あたし、牡蠣《かき》大好きなんで」

目的を忘れていないか、と不安にはなったが、僕が彼女をここへ呼んだのだ。女性の警戒心を緩めるには、女性をともなうのが一番だと判断した。お代はたぶん、小出が持ってくれるだろう。僕と未来はともにフリーターだし、小出のために協力しているのだから。

「二人きりよりはマシかな。よし、それじゃ入るぞ」

小出が先頭に立ち、雑居ビルの二階にあるオイスターバーに足を踏み入れる。ここで満席だったりしたら面倒だったが、平日の夜ということもあり、空《す》いていた。

店員の案内で薄暗い店の奥へと進む。すぐさま、小出が上ずった声を発した。

「中条さん！　それに、佐藤《さとう》さんも」

カウンター席に腰かけていたスーツ姿の女性が二人、振り返る。片方は中条恵梨香だった。もうひとりの、ぽっちゃりとしたショートカットの女性は佐藤というらしい。

「あれ、小出さん。どうしてここに？」

に小出と未来と三人、収まった。

「いやー、佑さん。あそこで連絡先訊《き》くのはないわ」

生牡蠣を貪《むさぼ》りながら未来が批判し、小出も同調する。

「佑くん、女性を口説き慣れていないって言ってたけど、本当だったんだな」

泣きたくなる。せっかくの牡蠣も喉《のど》を通らなかった。

「この仕事、僕には向いてなさすぎるんです」

「ま、こういうのは場数だからさ。佑さんも、そのうち女性に対する距離の詰め方がわかるようになるよ。あー、この牡蠣おいしい！」

未来は僕のぶんの牡蠣まで勝手に平らげ、幸せそうな顔をしていた。


そして、三人はバー・タスクへ。

「でさあ、この男どものだめっぷりときたら。佑さん、相手の女性にすっかり引かれてんの」

オイスターバーでさんざん飲み食いした未来は、完全に出来上がっていた。

「まあ。未来ちゃん、大変だったわねえ」

トワコさんは呑気《のんき》な顔をしている。手にしたグラスの中身は、いつもと同じミルクだ。

「大変なのはこっちですよ……」

カウンターにへばりつく僕に、トワコさんはベイリーズを使ったこってりと甘いカクテルを出してくれた。

「めげちゃだめよ。言葉を交わして、何者かを認識させただけでも前進したと思わなきゃ」

あれを前進と呼ぶのは、それこそ前向きにもほどがある。トワコさんはあの場にいなかったから、無責任なことが言えるのだ。

「よしんばあれが前進だとしても、このペースで彼女に到達するには百年くらいかかりそうですよ。作戦、考え直しませんか」

さすがのトワコさんもいくらかは態度を軟化させ、何が何でも作戦を変更しない、とは言わなかった。

「もう一回くらい、トライしてみてもいいんじゃないかしら。ほら、単純接触効果って言葉もあるじゃない」

繰り返し接する人やモノには自然と好感を持つという、心理学の用語だ。理屈はわかる。だが、接触が強引でちっとも単純じゃないのが問題なのだ。

「ここから三たび中条さんと会う機会を設けるのは至難の業ですよ」

けれどもトワコさんは動じなかった。

「小出さんがいれば、どうとでもなるわ」

それからさらに十日ほどが過ぎ、書店で働く僕のもとに再び、小出から胃の痛くなるような連絡が届いた。

〈今晩、中条さんを誘い出すのに成功した〉

仕事終わりに、同僚を何人か集めて飲みにいくことになったようだ。うまいこと話を運んできみに合流してもらう、とメッセージには記されていた。

作戦というほどだいそうなものではない。小出が中条と食事へ行き、その場で僕を呼び出すという、至ってシンプルな方法をトワコさんは提案した。これ以上、偶然を装うのは無理があるし装う必要もない、ということらしい。

同僚ばかりで飲んでいるところに部外者の僕が合流するのだから、どう話を運んだっておかしな展開にはなる。どれだけ違和感を抑えられるかは、小出の力量にかかっていた。

トワコさんに断って退勤し、繁華街へおもむく。飲み屋の場所は先のメッセージに記載されていたので、いつでも合流できるよう近くのカフェで待機する。やがて、小出から電話がかかってきた。

「もしもし佑くん、いまどこ？　そうか、それは都合がいいや。近くで飲んでるからさ、もしよかったら来ない？　この前オイスターバーで会った、中条さんや佐藤さんも一緒だよ」

もちろんこれは、小出が中条ら同僚の前で電話をかけているために、こういう言葉になるのである。僕が近くにいることを、小出は当然、把握していた。

カフェをあとにし、重い足を引きずるようにして飲み屋へ向かった。これといって特徴のない居酒屋のテーブル席に着くと、小出が異様なハイテンションで僕を迎え入れた。

「おー来た来た！　佑くん、さあ座って」

うながされるまま小出の隣に腰を下ろしながら、僕は早くも帰りたくなっていた。真向かいの中条のみならず、ほかに同席していた初対面の男性二人も、僕をどう扱っていいかわからずとまどっている様子だったからだ。唯一、オイスターバーでも顔を合わせた佐藤は歓迎ムードだったが、それで居心地がよくなるほどでもない。小出の力量は大したことがなかったらしい。

「でも、どうして会社の方との飲みの席に僕を呼んでくださったんですか」

この質問は自然だったはずだ。小出は僕の肩を叩きながら、

「佑くんが、中条さんのこと美人だって言ってたから、会いたがってるかと思って誘ったんだよ」

なるほど、そういう風に持っていったのか。強引だが、ここは話を合わせるしかない。

僕は照れ笑い、に見えてほしい笑みを浮かべた。

「それ、ご本人に教えちゃったんですか。まいったなあ。すみません」

最後の謝罪は、中条に宛《あ》てたのである。彼女はかぶりを振った。

「いえ、別に。うれしいですよ」

反応に困りつつも、まんざらではなさそうだった。前回ほど冷たくは感じない。トワコさんの言うとおり、三度めともなると警戒心もだいぶ薄れるものなのかもしれない。

いきなり連絡先を聞いて未来を呆《あき》れさせた反省は今回に活かされ、しばらくはとりとめのない会話に専念した。主に小出と中条と佐藤の三人が発言し、僕は聞き役に回って、残る男性社員は二人で別の話をしていた。初めは僕の登場に困惑していた中条も、しだいに慣れてリラックスした表情を見せる。受け答えははきはきとしていて、気の強そうな印象はさほど変わらなかったものの、気持ちのいい人だと感じられた。出会いがこうでなかったら、本当に好意を抱くこともあったかもしれない。

じゅうぶんな助走をとったところで、僕は思いきって踏み込んでみた。

「中条さんはいま、お付き合いされている方なんかはいるんですか」

すると、さすがに中条は面食らった顔をした。小出がすかさずひやかしてくる。

「佑くん、核心に迫るねえ」

「失礼でしたか。でも、それを確かめずにお近づきになろうとするのはよくない気がして」

中条は、不快を覚えたわけではないようだった。居住まいを正し、きっぱり告げる。

「いますよ。お付き合いしてる人」

「あれ？　中条さん、彼氏いないって言ってなかったっけ」

名前も知らない男性社員が、目を丸くして割り込んでくる。佐藤ですら、その発言に驚いていた。

「黙っててすみません。実はわたし、半年くらい前からある男性とお付き合いしてるんです」

中条はほかの社員に謝ったうえで、僕に向き直る。

「そういうわけなので、あなたともあまり仲よくはできません。ごめんなさい」

態度をはっきりさせるあたりにも好感が持てた。個人的には、下手に気を遣われるよりはよほどいい。

僕は小出と目配せを交わした。その男性というのが不倫相手、すなわち渡部を指しているのだろうか。

「彼氏って、どんな人？」

佐藤が興味津々で訊ねるので、僕から探りを入れる手間が省けた。

「一年くらい前かな。わたし、好きな人ができてね。だけどその人には彼女がいて、あきらめざるを得なかったの。いまお付き合いしてるのは、そのことで相談に乗ってもらってた人」

中条の説明は淀《よど》みがなく、作り話をでっち上げているようには聞こえない。やはり、渡部のことを話しているのだろう。

恋人がいるからと好きな人をあきらめ、代わりに妻子持ちと付き合う。皮肉だが、そういうこともあるのかもしれない。恋愛感情は理屈ではない。

「結婚とか、考えてるの」

小出が慎重に問う。中条は、ほんの少し傷ついたような表情を見せた。

「ゆくゆくは、そのつもりです。でも、いますぐってわけにはいかなくて……」

「どうして？」

小出のその発言は、僕から見れば残酷だった。知ってるくせに。相手が既婚者だから、結婚できないことを。

ここで中条はしばし間を置いた。適当な嘘を探したからだな、とわかった。

「彼の仕事の関係で……でも、いつかは結婚しようって言い合ってるんです」

その言葉にこもる切実な響きを、僕は感じ取ってしまった。おそらく渡部は妻子を捨てて中条と一緒になると誓い、中条はそれを本気で信じている――少なくとも、信じたがっている。

次の一瞬、僕はトワコさんに課された仕事を、今夜の作戦をすっかり忘れてしまっていた。ただ僕という人間の、何ものにも覆われない正直な部分が、くしゃみでもしたように口からぽろりと転がり出たのだった。

「その人、やめたほうがいいんじゃないですか」

中条の顔が凍りついた。小出がうろたえて、僕の肩に手をかける。

「おい佑くん、いくら振られたからって……」

冷静になってもよかったはずなのだ。当たり障りのない言動を取るほうが、ずっと僕らしかった。なのに、どういうわけか僕は必死で訴えかけていた。

「実際に結婚して、幸せになってくれるのなら、僕だって潔く引き下がりますよ。だけどいまの中条さん、ちっともそんな風に見えませんでした。何か心配事が、しかも人に話せないようなことがあって、それでもいつかは結婚するからって自分に言い聞かせてやり過ごしているのなら、そんな相手、やめたほうがいいんじゃないかって――」

「どうしてあなたにそんなことを言われなきゃいけないの」

中条が言い、僕は口をつぐんだ。彼女は頰《ほお》を真っ赤にしていた。

「赤の他人のあなたに、そんなことを言われる筋合いはない。あなた、まだわたしと出会ったばかりですよね。ましてや彼のことなんて、何も知りませんよね」

ところが、知っているのだ――少なくとも、相手がどこの誰か、くらいは。

「わたしが彼と付き合うことで、結婚したがっていることで、誰かに迷惑をかけましたか。かけてませんよね。わたしが誰と付き合おうが、結婚したいと考えようが、わたしの勝手でしょう」

「本当に、そう言いきれますか。誰にも迷惑をかけていない、と」

するとi彼女の目が、もの問いたげに細められた。

しゃべりすぎてしまったかもしれない。いずれにせよ、険悪になったいまの状況から、あらためて中条に気に入られようとするのは無謀だろう。僕は席を立った。

「すみませんでした。せっかくの楽しい夜を、僕みたいな者が台なしにしてしまって。もう、帰ります」

去り際にお金を払おうとしたが、小出に止められた。お酒を一杯飲んだだけだから、大した金額ではないだろう。

店を出る。悪いことをした、という意識はそれほどなかった。ただ自宅へと向かう道すがらも、中条の怒った顔が頭から離れなかった。

関係性を否定されたから怒った。それはわかる。ただ、何というか感情の、かなり浅い部分で怒っていたような気がした。反射反応とでもいうのか、たとえば誰かと肩がぶつかったときに、相手がどんな人でどういう状況だったかも確かめずいきなり怒鳴るような、そんな怒り方だったように見えた。

思うに、彼女は意固地《いこじ》になっているのではないか。自身の交際に対する誰のどんな言葉も、耳をふさぐように拒絶しているのではないか。だとしたら、彼女と渡部を引き裂くのはますます難しくなるだろう。

3

「別れさせ屋作戦、失敗に終わっちゃったみたいねえ」

「やる前からわかりきってましたよ」

バー・タスクには僕とトワコさんのほかに、里中・未来の常連組、そして小出の姿がある。

中条を怒らせたあの一夜から、三日が過ぎていた。作戦を根本から見直す必要に迫られ、僕らはこうしてタスクに集ったのである。

「僕のはたらきかけは結果的に、中条さんの渡部さんに対する執着を浮き彫りにしただけのような気がしますね」

「ますます『グレート・ギャツビー』に似てきたなあ」

グラスの中の氷を回しながら、小出は憂鬱《ゆううつ》そうにしている。

「独身者のギャツビーが、夫と子のいるデイジーを奪おうとして意固地になるんだ。その態度はやがて、途方もない悲劇を引き起こす」

「それを考えると、中条さんのことも心配よねえ」

悲劇の詳細を知るトワコさんが、眉《まゆ》を八の字にする。

「でも、そのくらいの歳の女性に『不倫はよくない』なんて諭しても、響かないと思うんだよね。めずらしいことじゃないし」

頬杖《ほおづえ》をついて言った未来に、里中がセクハラじみたことを訊いた。

「未来ちゃんも不倫、してんのか」

「いや、あたしはしてないよ。会社とかの組織に属してないから、そういう出会いもないし」

未来は自称フリーターだが、普段の生活はトワコさんに負けず劣らず謎に包まれている。

「だけど、職場の人とかと不倫してる友達はめずらしくない。本気でのめり込んでる子もいれば、上手に利用してるだけの子もいるけど、どっちにしても罪悪感なんてなさそう。話を聞いてるとあたしも、まあ本人たちが楽しければいいのかな、って思っちゃう」

それで、思い出したことがある。

一年くらい前だったか、まだ僕が出来損ないの会社員だったころ、高校の同窓会に出席した。同窓会といっても近くに住む者たちが声をかけ合って飲み屋に集まるだけの、小ぢんまりとしたものだ。全部で十五名ほどで、その半分強が女子だったと記憶している。

夜もだいぶ深まったころ、その女子のうちのひとりが、話の弾みで上司と不倫していることを告白した。悪びれもしない大胆さに驚きつつも、興味深かったのは周囲の反応だ。

「不倫なんてやめときなよ。身を滅ぼすぜ」

いかにも彼女のことを心配するそぶりで、とある男子が言った。ほかにも少なからぬ男子が、似たような態度を示していた。一方、女子はというと、

「えー、どんな人？　かっこいい？　おいしいお店、連れていってくれるんだ。いいなあ」

普通の恋人に関する話題と変わらない感じで、彼女の不倫を受け入れていたのだ。

僕は黙って話を聞いていただけだったが、男女間で不倫に対する認識が違うのかな、と思わされた。僕も親しい女子だったなら、不倫はやめたほうがいい、といった忠告のひとつもしたかもしれない。けれどもこの日、そうやって正論を振りかざすのは子供じみた振る舞いなのだろうか、と考えさせられた。そもそも本当に相手を心配してそんなことを言うのかも疑問だし――脊髄《せきずい》反射ではないか、あるいは単に自分が気に食わないだけではないか――仮に本気で心配していたとして、相手にしてみれば《よけいなお世話》でしかない場合も多いのだ。

だから僕は、未来の話を聞いても特に何とも思わなかった。ところが、

「あら、不倫はだめよ。絶対にだめ」

トワコさんが、断固たる口調で切り捨てた。

「うーん、だめなのはわかってるんですけど……」

自分が不倫しているわけではないからか、未来は困惑している。

「だめなものはだめよ。中条さんにも、何としてでもやめてもらわないと」

トワコさんは一歩も譲らない。この人はこんな風に、かたくななものの見方をする人だっただろうか。意外な心地がした。

「そのために、ぼくらはどうしましょう」

小出が本題へ戻した。未来は話の矛先が自分から逸《そ》れて、ほっとしたようだった。

「渡部さんって方、家庭に問題はないの」

「本当のところはわからないけど……はたから見る限り、わりと子煩悩でいい父親してるみたいですよ。だからこそ、奥さんにも疑われることなく不倫できてるんじゃないですかね」

「中条さんによれば、いつか結婚しようと言い合ってる、らしいですけど……」

僕は先日の飲み屋でのやりとりを振り返る。小出は眉根を寄せていた。

「渡部には、そんな気ないんじゃないかなあ。中条さんは信じたいんだろうけど」

ならば、とトワコさんが身を乗り出した。

「渡部さんの家庭の円満な様子を示すことで、彼に離婚の意思はないと証明して中条さんにあきらめさせる、という作戦がとれるわね」

僕は目をしばたたく。「円満な様子を示すって、どうやって？」

「家族サービスの模様なんかを、写真や映像に収めるのよ。それを中条さんに見せたら、彼女も目を覚ますんじゃないかしら」

仕事内容がいよいよ探偵じみてきた。といっても、不倫の現場を押さえるのではなく、反対によき家庭像を撮影するというのが、探偵への依頼にあるのかは疑問だが。

「小出さん、渡部さんの住所はわかる?」

「すぐ調べられますよ」

「じゃあ、張り込みは簡単そうね」

「つまり、僕にそれをやれと……」

ますます気が重くなってきた。トワコさんは「呑み込みが早くて助かるわあ」と満足げだ。未来や里中からも、反対意見は挙がらない。

探偵ならば、相応の報酬が出るだろう。飲み代くらいでは割に合わない、と思いながらも僕は、その作戦を遂行することにしたのだが——。

4

夜の路上に、一台のワンボックスカーがとまっている。車内には、降りしきる雨がルーフを打つバラバラという音が充満している。

この車はトワコさんのもので、運転席には彼女が収まっている。助手席に僕、後ろの座席には小出と、女性がもうひとり——髪を後ろでひとつに束ね、ロングスカートをはき、優しげな目鼻立ちからは三十代にして純朴そうな印象を受けるけれど、その表情はいま張りつめている。

彼女は名を、渡部可南子《かなこ》という。憎き不倫男、渡部理の妻である。

——なぜ、こんなことになってしまったのか。

先週末のこと、僕は小出から聞いた住所をもとに、渡部の自宅マンションの前で張り込みを敢行した。真夏の炎天下で張り込みをするにあたっては、何としても車が欲しいところだ。幸い母が車を持っているので、僕は「仕事に使うから」と説明して借りることにしたのだが、母は「それ本当に書店員の仕事なの」といぶかっていた。

当日は基本的に退屈との闘いだった。渡部の家族サービスの場面を撮影するのが目的だが、そもそもその日に渡部が家族と出かけるとは限らない。エアコンを利かせていても暑い車内で、僕は本を読むなどしながらマンションの入り口を見張り続けた。

午前中にひとつ動きがあった。事前に写真で顔を把握していた渡部の妻の可南子が、ご近所さんとおぼしきおばさんと立ち話をしているのを見かけたのだ。二人が別れたところで、僕はおばさんのほうをつかまえ、話を聞いてみた。

「渡部さんの旦那《だんな》さんに不倫の噂《うわさ》があるようなんですが、何かご存じないですか」

あらあなた探偵さんなの、とおばさんは目を丸くしたあとで、

「不倫なんてしてないと思うわよ。いつも奥さんと仲よさそうにしてるし、息子さんもか

わいがってる」

「奥さんから、相談や愚痴を聞かされたことは？」

「ない、ない。誰から依頼されたか知らないけど、空振りでしょうね」

確信している口ぶりだった。渡部はよほどうまく立ち回っているらしい。

午後には渡部が息子を連れて、車でどこかへ出かけていった。カメラで撮影した車内の様子からは、父子が和気あいあいと談笑しているのが伝わってきた。走り去る車を見送り、今日はぼちぼち引き上げようかと考えていたところに、小出から電話がかかってきた。

「すまないね。張り込みなんて大変だろうに、手伝えなくて」

仕方ない。小出は渡部に顔が割れているから、ここにいてはいけないのである。

「で、どう。進捗《しんちょく》は」

僕は携帯電話を耳に当てたまま、車を降りて伸びをした。

「息子と二人で出かけるところを撮影しました。あと近所の人から、家庭円満らしいという話も聞けました」

「いいね。順調じゃないか」

「でも、中条さんがあきらめてくれるほどの情報かと言われると……渡部さんとの不倫に、かなり入れ込んでいるみたいでしたからねえ」

「——それ、本当ですか」

突如《とつじょ》、声が聞こえて、僕は固まった。

電話と伸びをするのに気を取られ、背後にいる人の気配を感じ取ることができなかった。

ぎくしゃくと、振り返る。

「うちの夫は、本当に不倫をしているんですか」

立っていたのは渡部の妻、可南子だった。

というわけで僕は電話を切って、彼女に洗いざらい事情を説明しなければならなくなった。ひととおり話し終えると、可南子は悲愴《ひそうかん》感を漂わせつつも、有無を言わせぬ口調で告げた。

「不倫現場を押さえたいので、協力してください」

——そして今夜、僕らは彼女と行動をともにすることになったのだ。

顚末《てんまつ》を伝えると小出はさすがに度肝を抜かれたようだったが、結局不倫をやめさせるためには現場を押さえるしかなかったのだ、と腹をくくったみたいになった。

「やっぱりこうなるんだな。『グレート・ギャツビー』と同じだよ」

そのつぶやきの意味するところは、未読の僕にはわからなかったけれど。

車を出させるという形で、トワコさんも巻き込んだ。こうなった原因を作ったのは彼女なのだから文句は言わせない、などと息巻くまでもなく、彼女は乗り気だった。いつものとおり、状況を楽しんでいる。ともかくそうして僕と小出、可南子、トワコさんの四人で連携を取りながら、機会が訪れるのを待った。

可南子によれば今日、仕事関係の付き合いで帰りが遅くなる、と渡部から連絡があったそうだ。すぐさま小出が社内を嗅《か》ぎ回り、渡部に接待などの予定がないことを確認した。また中条を飲みに誘ってみたところ、今夜は都合が悪いと断られた。そこでわれわれは、渡部と中条が今夜密会する可能性が高いと判断し、行動を起こしたのだ。

現在、僕らが車中から見張っているのは、中条恵梨香が独り暮らしをする自宅アパートである。渡部と中条がどのように夜を過ごすにせよ、最後には二人でここへ来るのではないかと踏んだ。現在の時刻は午後九時。彼らがいつ現れるかは読めず、じりじりとした時間が続いている。

「今日、息子さんはどうしてるんですか」

沈黙が気づまりで、僕は可南子に話しかけてみた。

「近くに住む両親に預けました。さっき、もう寝たと知らせが」

可南子は目も合わせずに答える。見ているだけでこっちまで肩がこりそうなくらい、硬くなっていた。

緊張感が疲労を連れてくる。渡部たちが現れるほうがいいのか、現れないほうがいいのか——現れなかったとして、それは可南子の苦しみを長引かせるだけだろうが——もわからないまま、僕は助手席から路上に視線を注ぐ。やがて中条のアパートの前に、一台のタクシーがハザードを点《つ》けて停まるのが見えた。

全員が、息を呑んで目をこらす。傘を傾け、寄り添うようにして降りてきたのは、渡部理と中条恵梨香だった。

一本の傘に一緒に入り、二人は腕を組んでいる。タクシーが走り去った直後、可南子がスライドドアを開けて車外に飛び出した。

「ちょっと、奥さん！」

傘も差さずに駆け出した可南子を、小出が追った。僕とトワコさんもあとに続く。人も車もそれほど通らない、静かな路地である。渡部はすぐさま異変に気づき、呆然《ぼうぜん》としてつぶやいた。

「どうしてここに……」

可南子は夫ではなく、中条を見つめていた。中条もまた、相手が何者かをただちに悟ったようで、負けじとにらみ返している。一触即発かと思われた、次の瞬間——。

可南子が、凛《りん》とした声で告げた。

「お願いします。夫と別れてください」

彼女の髪の毛の先から、雨水が滴る。

何の相談もなく放たれた一言だった。おもねるでも、卑屈になるでもなく、かといって攻撃するでもない、ただまっすぐに芯《しん》の通った言葉に聞こえた。

「まだ幼いうちの息子にとって、この人はなくてはならない、たったひとりの父親なんです。あなたにお譲りするわけにはいきません。別れてくれれば、それ以外は何も求めませんから」

「――言いたいことは、それだけですか」

その発言で、今度は一同の眼差《まなざ》しが中条へと注がれた。彼女は無理やり作ったような、それでも笑みを浮かべていた。

「たとえ相手が奥さんだろうと、人に言われたくらいで、はいそうですかと身を引けるわけないでしょう。わたしたち、本気で愛し合ってるんですから」

渡部に絡めた腕に、中条は力を込めた。

彼女の発言にも、可南子は動じなかったように見えた。ひとりの男性をめぐって、二人の女性が火花を散らしている。中条が、続けざまに口を開いた。

「あなたは本気で誰かを愛したことがありますか。本物の愛情っていうのは、禁じられたからといって抑えられるようなものじゃないんです」

彼女は自分の言葉によって、感情を昂《たかぶ》らせているように見えた。

「家庭がありながら、彼はわたしのもとへ来てくれました。そしていままでは、いずれ一緒になろうと誓ってくれています。わかりますか。あなたはわたしに負けたんですよ。そちらこそ彼のことはあきらめて、離婚を受け入れてください――」

そのときだ。

「黙って聞いてりゃ、ちゃんちゃらおかしいわねえ」

場違いにのんびりした声が差しはさまれ、中条は口をつぐんだ。

トワコさんである。彼女は薄く笑っていたけれど、僕にはそれが不気味に感じられた。

「あなたいま、こちらの奥さんのこと挑発したわよねえ」

「ちょ、挑発だなんてそんな……」

「したも同然でしょう？　わざわざ負けを認めさせ、勝ち誇るようなことを言ったのだから」

トワコさんが一歩、中条に詰め寄る。

「変よねえ。誠心誠意、自分が大事にしている愛情のためを思うなら、可能な限りそれを受け入れてもらえるよう最善を尽くすのが当然ではないかしら。瑕《きず》がない状態に近づけるべく、たとえ望みが薄くても、理解を得られるよう努めるものではないかと私は思うのよ」

「あの、よく意味がわからないんですけど」

「たとえば子を持つ親が、そうする必要はなかったにもかかわらず、わが子に敵を作る振る舞いに及んだとしたら、それはやっぱりだめなことだと思うのよねえ。では、あなたは自分の愛情のために、いま何をしたの？　何の目的があって、奥さんの神経を逆撫《さかな》でしたたの。それであなたは本当に、本物の愛情を貫いていると言えるのかしら」

「それは……」

ひるんだ中条を、トワコさんは笑顔で非難し続ける。

「略奪すれば、どちらにせよ恨まれはしたでしょう。それでもあなたは、奥さんに対して誠実であろうとするのではなく、彼女を上から踏みつけるような真似《まね》をした。そうすることによって、あなたが本物の愛情だとうそぶくものにみずから瑕をつけたのよ。わかる？」

そして、中条の耳元にささやいたのだ。

「誰かを挑発して、いい気になる余裕のある感情を、この国では《本物の愛情》なんて呼ばないんだよ」

たった数ヶ月の付き合いでも、はっきりと伝わる——トワコさんは、怒っていた。

中条の瞳《ひとみ》がアパートの灯《あか》りを反射し、濡《ぬ》れているのがわかった。優しい言葉をかけたのは、渡部ではなく小出だった。

「挑発するつもりなんてなかったんだよな。中条さんはただ、渡部に騙《だま》されてただけなんだよな」

「騙されてたって……どういうことですか」

中条が訊き返す。

「妻子を捨てて、きみと一緒になるって言ったことだよ。きみはそう信じてたから、奥さんにもそのとおり話したに過ぎないんだろう。だけど渡部には、そんな気なんて毛頭なかったんだ」

「嘘……だって、約束してくれた」

中条は、隣の渡部にすがりついた。

「ねえ、わたしと一緒になってくれるんでしょう？　わたしのこと、騙してなんかいないよね。奥さんと別れて、結婚してくれるんだよね」

どれだけ体を揺すられても、渡部は中条のほうを見ようとしない。やがて、蚊の鳴くような声で、ごめん、とつぶやいた。

それからはもう、見ているのもつらかった。

中条が渡部を突き飛ばし、アパートのほうへ駆けていった。小出が彼女の名を呼んで、あとを追いかける。

トワコさんは可南子の肩に手をかけた。そして、尻もちをついたまま放心している渡部に、温度のない声で告げた。

「車に乗ってください。どうせ、奥さまをご自宅までお送りしなくてはならないので」

誰もが無言で車に乗り込む。僕とトワコさん、渡部夫妻が座席に座った段階で、トワコさんはエンジンをかけた。

「あの、小出さんは……」

おずおずと訊ねると、トワコさんは口元を少し緩めて答えた。

「彼は、大丈夫」

ワンボックスカーが動き出す。それから渡部の自宅に到着するまでの数十分間は、地球上でもっとも気づまりなドライブだったと言えよう。

5

後日。小出が来るというので、僕はバー・タスクにいた。

「今夜はぼくにおごらせてくれ。佑くんには、本当にお世話になったから」

席につくなり、小出は上機嫌でそんなことを言う。渡部と中条の不倫は、あの日を境に終わったらしかった。

小出はいつものようにI．W．ハーパーを注文する。僕はビールを出してもらった。トワコさんのミルクまでがそろうと、三人で乾杯の運びとなる。

「それではみなさん、お疲れさまでした」

小出が音頭を取り、グラスがチン、と鳴らされる。すぐに、トワコさんが口を開いた。

「で、小出さん。中条さんとはどうなの」

なぜか、小出は照れたように頭をかいた。

「やっぱりバレてましたか。実は今度、デートに誘ったんです。その日のうちに、交際を申し込もうかと思っています」

「……え?」

ぽかんとしているのは僕ひとりだった。

「何ですか、交際って」

「交際を申し込むって言ったら、恋愛関係に決まってるわよねえ」

「ちょっと待ってくださいよ。小出さんは既婚者でしょう。渡部さんに不倫をやめさせておいて、今度は自分が不倫するつもりですか」

すると小出は脚《あし》を組み、ニヤリと笑った。

「ぼくは正真正銘、独身だよ」

もはや、何が何だかわからない。

「初めに相談を受けたとき――」

トワコさんが、説明を始める。

「小出さんは部署内のトラブルを防ぎたいんだと話していたけれど、私には終始、中条さんに惚《ほ》れているようにしか聞こえなかったのよねえ。あとで未来ちゃんに確認したら、彼女も同感だって」

「ぼく、そんなにわかりやすかったですかね」

「だって、中条さんがかわいそうだって何度も。あれじゃ、誰だってそう思うわよ」

確かに今回の不倫は、中条の自己責任という面もあるだろう。いくら後輩といっても、そこに特別な感情がなければ、彼女を被害者のように扱ったりはしないはずだ。

「だから私は、これは小出さんの恋愛成就を最終目的地とすべきだと考えたの。それで、今回の作戦を考えたというわけ」

オイスターバーで未来が、小出を持ち上げるようなことを言ったのを思い出す。彼女もまた、僕ではなく小出と中条をくっつけようとしていたのか。

「では、どうして僕に、小出さんが結婚してるなんて嘘を？」

その刷り込みはさりげなかった。

——同じ妻帯者として、同期の男を許せないでしょう。

トワコさんがそう言ったのみだ。あの嘘の狙いは、何だったのか。

「小出さんが独身だと知ったら、佑さんが協力してくれないと思ったからよ」

小出にもそう伝えて、話を合わせるよう言い含めておいたのだという。

「協力も何も、それなら僕はいらなかったじゃないですか。初めから、小出さんが中条さんを振り向かせるための方法を考えればよかったのだから」

「だって小出さん、中条さんのことが好きだって、自分からは一言も言わなかったんだもの。まるで思春期の男の子みたいに、本心を隠したがってた」

隣を見ると、小出はきまり悪そうにしている。

「だから、あえて佑さんに言い寄らせることにしたの。そうすれば小出さんは焦って、行動を起こさざるを得なくなるんじゃないかと思って……まあ、ちっとも期待どおりにいかなかったけど」

「はいはい、どうせ僕は中条さんの心をこれっぽっちもつかめませんでしたよ」

そういえば小出は当初、僕が中条に接近する作戦には疑問を呈していた。あれは、彼女が僕に好意を持つのを恐れたからだったのか。そうはなりようがないくらい、彼女が渡部に一途《いちず》であることを知り、さぞ胸中は複雑だっただろう。

「まあでも、中条さんを別れさせることができさえすれば、小出さんが傷心の彼女に取り入るのは難しくないでしょうから。そう考えて、私は作戦を継続させたのよ」

作戦が成功したわけではない。しかし結果的に中条は渡部と別れ、小出は中条との距離を着々と縮めているようだから、トワコさんの目論見は正しかったと言うべきだろう。

「最近になって、佐藤さんが教えてくれたんだけどね」

小出はなぜか得意げになる。

「中条さんは元々、ぼくに気があったみたいなんだ。ほら、佑くんも彼女から聞いただろう。好きな人がいたけど、恋人がいたからあきらめたって話を。あれ、どうもぼくのことだったらしいんだな」

「あの発言は、その場にいた小出さんへの当てつけだったたってことですか」

聞けば一年ほど前、小出には恋人がいたものの、その後ほどなくして振られたとのことである。

「そうなると、これは勝ち戦だよ。負け戦に挑んでいた佑くんには申し訳ないが」

頭が痛くなってきた。やっぱり僕、どう考えてもいらなかったじゃないか。

「前に気があったからって、この先もうまくいくとは限らないと思いますけど。中条さんもいまはまだ失恋の傷が癒《い》えず、優しくしてくれる人に寄りかかってるだけかもしれませんし」

少しくらい、水を差すようなことを言ったって許されるはずだ。僕だって失恋から日が浅く、他人の恋愛に手を貸したくなるような心境でもない。

するとトワコさんが、小出のグラスに注《つ》がれたバーボンを見つめながら口を開いた。

「佑さんは、バーボンの起源って知ってる？」

唐突な問いにとまどいつつ、首を横に振る。彼女の声は穏やかだった。

「そもそもバーボン・ウイスキーは、アメリカのケンタッキー州バーボン郡で造られていることからそう呼ばれているの。その定義はアメリカの法律によって、原料の穀物にトウモロコシを五十一パーセント以上使用していること、アルコール度数八十度以下で蒸留されていること、などと細かく決められている」

トワコさんの解説は立て板に水だ。頭に入っている知識のようで、何かを確認することもない。

「そんなバーボンの生みの親と言われているのがアメリカの牧師、エライジャ・クレイグという人。でも、彼がバーボンを生み出したのはまったくの偶然だったそう。ウイスキーの蒸留所を造った彼はあるとき、誤って内側の焼けた樽《たる》にウイスキーを入れたままで放置してしまったらしいの。ところが何年か経って樽を開けてみると、中からはいままでに飲んだことがないような芳醇《ほうじゅん》なウイスキーが出てきた。これが原型となって、現在でもバーボン・ウイスキーは内側を焦がしたホワイトオークの樽で熟成されるのよ」

「樽の焦げた部分が、おいしいウイスキーを造るのに重要な役割を果たしているんですね……で、それが何か」

注文はしていなかったが、トワコさんは僕に小出と同じハーパーのロックを差し出した。そして、茶目っ気たっぷりにウインクをする。

「恋だって、一度燃え上がったあとの焦げ跡から、おいしいものが生まれることはあるんじゃないかしら」

僕はつい、笑ってしまった。一本取られた、と思ったのだ。

バーボンを口に運ぶ。まろやかな甘みとコクがある一方で、度数の高いアルコールはちょっぴり刺激的だ。なるほど、これが恋だとしたらなかなかに美味かもしれない。

「僕の《仕事》が無駄にならぬよう、お二人が仲よくやってくれることを祈ります」

心からの祝福だった。小出は微笑み、ありがとう、と言った。

何はともあれ、今回もどうにか仕事は終わった。なのにトワコさんは僕を見て、浮かない顔をする。

「佑さんも、胸の内側を焦がすような恋のひとつも経験しなきゃねえ」

よけいなお世話だ。

「ほっといてください。別に、恋がしたいとも思ってません」

けれどもこれは強がりと取られてしまったようで、

「お礼に女の子、紹介しようか」

小出が肩を組んできた。

「佐藤さん、憶えてるだろ。きみのこと、憎からず思っているようだったぜ」

言われて思い出す。飲み屋で合流した際、小出以外で唯一歓迎ムードだったのは、そのせいだったらしい。

「いまから電話、かけてみようか。暇だったら来るかも」

「いや、よしておきましょう」

「あら、いい機会じゃない。私も話してみたいわ、佑さんの上司として」

「よし。そうと決まれば電話番号は、と……」

「勝手に進めないでくださいよ！」

たちの悪い歳上二人にからかわれ、僕はたじたじになる。ヤケになってあおったバーボンは、恋でもないのに胸の内側を焦がすほどに熱くした。

4TH TASK 『再生』

1

僕の名前は長原佑。

下手な物語の人物紹介みたいなことを、いまさらやりたいわけではない。ただ、この世に生を享《う》けたときに授けられた名前の響きが《仕事》という意味を持つことについて、何の因果かと思っていることを告白したい。

今年の二月、僕は大学卒業後に就職した会社を辞めた。

理由は、あまりにも仕事ができなかったから。

二年に満たない会社員生活だった。何をやってもうまくいかなくて、自分を責めて、そんなことを繰り返しては、つらさを増していくだけの日々だった。

自分は無能なのだという思いは、焼きごてを押しつけたみたいに僕の意識に刻まれた。いまでも夢を見る。僕はまだ前の会社で働いていて、自社に大損害を与えるような、取り返しのつかないミスを犯すのだ。動悸《どうき》がし、焦燥感が体じゅうを駆けめぐり、やがてめちゃくちゃに叱《しか》られる。いや、叱られるならまだいい。どんなに叱ってもミスが減らないと悟った上司から、穏やかな口調で諭されるほうが、情けなくてこたえる。申し訳なくて、涙が止まらなくなる。目が醒《さ》めてもまだ、泣いていたりする。

だから書店のアルバイトを始め、大きなトラブルもないまま半年が経過したいまでも、仕事というものに対する苦手意識は消えない。不毛だと知りつつ、《働かずに生きていけたらなあ》なんて考えてしまうこともしばしばだ——怠惰《たいだ》でいたいというより、自分に向いていないことはやらずに済めばいいのに、という意味で。

書店で働くようになって、本を読む量は増えた。店長のトワコさんはいろいろな本を薦《すす》めてくれる、特に彼女に雇ってもらうまでうつむきがちだった僕が、前を向くのに役立ちそうな本を。その中のひとつ、アランの『幸福論』に、こんな一文があった。

〈自由な労働ならば最善のものであり、隷属《れいぞく》的な労働ならば最悪のものである〉

アランはさらに、自由な労働とは〈働き手自身の知識に応じ、経験に従い、彼自身が支配する労働のこと〉であるという。また、最悪の仕事の例として〈親方がやって来ては、じゃまを入れたり中断したりする仕事〉や〈包丁を使っているときに床の掃除を言いつけられる家政婦〉を挙げている。

自分の意思で、自分の裁量で取り組める仕事は楽しいという理屈は納得できる。だがこの現代社会において、そうしたスタイルで働ける人がどれだけいるのか。僕のような、自分の裁量どころか誰かに指図されないと何もできない人間は、自由な労働と言われたって途方に暮れるばかりだ。

これから僕は、どのような仕事をすべきなのだろう。九十九書店でのバイトは気に入っているけど、一生続けられるとも思わない。かつてのように精神を蝕《むしば》まれることなく働くには、アランの言うところの最善な、すなわち自由な労働に従事すればいいのだろうか。そんなことが、本当に実現できるのか——そこまで考えたとき、トワコさんは自由なのか、という疑問が脳裡《のうり》をよぎる。

昼は書店で働いて、夜はバーのカウンターに立つ。誰に言われて働いているわけでもないから、これこそ自由と呼べるのかもしれない。でも、肉体的には疲れるだろう。たとえ誰かの言いなりでなくても、ずっと働いていないといけない仕事は、やはり状況なり環境なりに隷属しているのではないかと思う。

だけどトワコさん、何だか楽しそうなのである。いつでものんびりしていて、心身の疲労を面《おもて》に出すことがめったにない。いや、書店員の仕事はそれなりに重労働なので、たとえば商品の詰まった箱を運んだり、床を磨いたりしたあとでは、ちょっと疲れたような顔をする。だがそんなときでも、ほんの二、三十分も経《た》てば、けろりとして元の微笑を取り戻すのだ。

何がそこまで、彼女を労働に向かわせるのか。職場で毎日のように顔を合わせる僕から見ても、彼女の私生活は謎《なぞ》に包まれていて、あのバイタリティの源泉がどこにあるのかはわからない。だけどもしそれを知ることができたら、僕にとって最善の労働を目指すうえで、重要なヒントを得られるのではないか。

トワコさん、あなたはどうしてそんなに働くんですか。いつしか僕は彼女に対し、胸の内でそう問いかけるようになっていた――そして、その答えを知る日は、思いがけない形でやってきた。

それは二十四節気で言えば、小雪《しょうせつ》を迎えたころだった。初雪はまだ見られないものの、この一週間ほどで一気に寒くなった実感があり、季節は秋と冬とのあいだにかかる橋をいままさに渡っている最中だった。

僕は九十九書店の店先で、冷たい風が運んできた砂ぼこりを掃いていた。日曜日、時刻は九十九書店が営業を開始する午前十時の少し前。とりとめもないはずの一日は、ある来訪によって打ち砕かれた。

「――あの、すみません」

地面ばかり見ていた僕に、声をかけてきた人がいた。

顔を上げる。コートの下にジャケットを着て、身なりを整えた男性が立っていた。その左手は、幼い女の子の右手とつながれている。ひと目で父娘《おやこ》と判断できるくらいには、あごの線や眉《まゆ》の形が似ている二人だった。

「ツクモトワコさんはいますか」

男性が言った。少し変わったその名前を、呼び慣れていることがわかる淀《よど》みのなさだった。

ただの買い物客ではないみたいだ。そんなことを思いつつ、僕はいわゆる営業スマイルを作る。

「ええ。ちょっと待ってくださいね」

父娘を残して店内に入ると、奥の棚にはたきをかけているトワコさんに向かって声を張り上げた。

「トワコさーん！　お客さんです」

「お客さん？　まだ開店前よ」

振り向いたトワコさんはとぼけている。

「そうじゃなくて。どうも、トワコさんに用事があるみたいで」

背後でガラス扉が開く音がした。待てと言ったのに、男性は僕に続いて店に入ってきたのだ。彼はトワコさんの姿を見つけて、思わずといった感じで呼んだ。

「トワコ」

トワコさんのほうを見ると、彼女は口を半開きにしたまま硬直している。女の子がぽつり、ママ、とつぶやいた——ママ？

男性は続いて、哀願ともいうべき一言を放った。

「もう一度、やり直さないか」

トワコさんの手から、はたきが落ちてぱさりと音を立てた。

2

「――モト、オット？」

その日の夜、僕らは九十九書店の地下にあるバー・タスクにいた。僕ら、というのは僕とトワコさんのほかに二人の常連客、里中淳之介と遠山未来もいることを指している。

「そうなのよ。困ったわねえ……まさか、こんなことになるとは」

トワコさんは頰《ほお》に手を当てて、言葉どおりに困った風だ。一方カウンター越しにトワコさんと向かい合う僕ら三人は、そろって頭の上にいくつものハテナマークを浮かべている。

午前中、九十九書店にやってきた男性の話だ。なんと、トワコさんの元夫だというのだ。いや、現場に居合わせた僕は、いくつかの発言からそうらしいと認識できていたのだけれど、あらためて聞かされるとやはり驚く。トワコさんの過去については、ほとんど何も教えられていなかったから。

トワコさん、離婚経験者だったのか。過去にはその辺の質問をしてトワコさんにかわされ、常連客をヒヤヒヤさせたこともあった。彼女にとっては触れられたくない話題だったのだろうが、すでに元夫を僕に見られたとあってはごまかしても詮《せん》ないと思ったのか、今日の彼女はなめらかに真実を打ち明けている。

今日、いきなり復縁を求められたトワコさんはその後、店番をするよう僕に言い置いて、来訪した二人とともにどこかへ消えた。数時間後にひとりで戻ってきた彼女は浮かない顔をしており、僕は突っ込んだ質問もできぬまま、閉店まで彼女のため息ばかりを聞いて過ごすことになった。

「そもそも……どうして離婚なさったんですか」

ショットグラスのバーボンを飲んで、僕は訊《たず》ねる。手間のかかる飲み物を頼める空気ではなく、いつもは色鮮やかなカクテルばかり注文する未来すらも、今夜は無色透明のラムトニックを飲んでいた。

トワコさんはいつもどおりのミルクで喉《のど》を湿し、答える。

「あの人の不倫よ」

僕は以前、トワコさんが不倫について「絶対にだめ」と語っていたことを思い出した。そのかたくなさを、らしくないと感じたことを憶《おぼ》えている。不倫され、離婚した経験があったからこその反応だったのだ。

答えを聞いて、未来が汚いものにでも触れたみたいに顔をしかめた。

「サイテー。よくもまあ、『やり直さないか』なんて言えたものね」

硬い壁がボールを跳ね返すような反応に、若さを見て取ったからだろう。トワコさんは、未来を慈《いつく》しむような微苦笑《びくしょう》を浮かべた。

「あの人ひとりの問題なら、私も断っておしまいにするのだけれど。娘がいるから、そう簡単に切り捨てるわけにもいかないのよねえ」

「娘さん、おいくつなんですか」

男性と手をつないでいた女の子は、幼いが利発そうだった。ママ、という言葉のとおり、トワコさんの娘だったようだ。

トワコさんは片手を広げてみせ、

「五歳」

「親権、不倫した旦那《だんな》に譲ったんだな」

思わずといった感じで、里中が口をはさんだ。トワコさんがうなずく。

「仕方なかったのよねえ」

まるで自分に言い聞かせるような調子だった。それからトワコさんは、離婚に至った経緯をかいつまんで話してくれた。

かつてトワコさんは、大手商社に勤務するバリバリのキャリアウーマンだったらしい。いまののんびりした姿からは想像もつかない。

「とにかく出張の多い部署で、毎月のように海外に行ってたわ。あのころは、仕事に夢中だった。楽しかったし、やりがいを感じていたのよねえ。前の夫とは仕事を通じて知り合ったんだけど、結婚して、子供が生まれてからも、私は働き方を変えなかった。相変わらず、出張で頻繁《ひんぱん》に家を空けていたの」

　夫のほうも会社勤めをしていたものの、比較的時間に融通の利《き》く立場だったので、保育園にあずけてある娘の送り迎えやその他の世話は、夫が引き受けることが多かった。

「もっと娘と一緒にいたいと感じることはなかったのか」

　里中のこの問いには、むっとして答える。

「なかったはずがないわ。だけど私、会社に必要とされているという思いが強かった。それにあのころ、時間の融通が利くぶん夫の収入は少なくて、家計は私のお給料にかかっているところがあったから、一所懸命働くことが家族のためになるという意識もあったのよね」

　実際、トワコさん自身はそのような生活を営みながら、家庭が問題なく回っていると思っていたのだという。もちろん、それで本当にうまくいく場合もあるだろう。反対に夫のほうが留守がちで妻が子供の世話を一手に引き受け、それでも円満な家庭というのはめずらしくないのではないか。であれば妻と夫の役割が入れ替わったからといってうまくいかない道理はないし、世の中にはそんな家庭も数多くあるのだろうと思う。

　しかしながらトワコさんの家庭においては、彼女の実感とは裏腹に、ゆがみが生じていた。それが表面化したのが三年前、きっかけは夫の不倫だったのだという。

「元々、夫は私があまりにも家にいないことに対して、不満を募らせていたみたいなの。面と向かって、それらしきことを言われた覚えもある。なのに私は重く受け止めず、せいぜいおざなりに謝罪する程度で、夫の苦情を聞き流してしまっていた。仕事なんだから仕方ないじゃない、としか思ってなかったわ。そういうことが繰り返されるうちに、夫の私への愛情は薄らいでいって……それが、不倫につながった」

気がつけば夫婦の仲は冷えきっていた。夫の不倫の発覚を機に二人は話し合いを重ねたものの、関係を修復することはできず、残されたのは離婚という選択肢のみだった。

「離婚することには、夫婦ともに同意していた。だけど、やっぱり娘の親権が問題になって……私は当然、引き取るつもりでいた。ところが、夫が強く親権を主張してね。そのときに、こんなことを言われて」

——きみは娘の面倒を、ちっとも見てこなかったじゃないか。

「痛いところを突かれた、と思ったわ」

トワコさんにも、引け目はあったのだ。

「最終的に、どちらの親についていくかは娘に選ばせようということになった。娘はまだ二歳だったけど、どっちが好きかの判断くらいはできると思ったから」

その結果は、現状が示していた——娘は、母親ではなく父親を選んだのだ。

「不倫した夫のほうに、親権がいくなんて……」

信じられないとでも言いたげな未来に、トワコさんはあっさり言った。

「男女逆なら、よくある話だと思わない？」

妻側の不貞により離婚。それでも親権は妻側に。確かに、ままあることかもしれない。

「明らかに、娘は夫のほうになついていた。それを引き裂くのは酷だと思ったし、私自身、仕事は続けるつもりだったから、今後も娘に寂しい思いをさせてしまうかもしれないと考えると、ね……夫に親権を譲ることに、同意するしかなかったのよ」

離婚の直接の原因を作ったのは夫だ。しかし、それでもトワコさんは、家庭を顧《かえり》みなかった自分を責めた。で、どうしたかというと――。

「ますます仕事に打ち込んだのよね」

トワコさんが、肩をすくめた。

「いまの自分があるのは、あのとき家庭を犠牲にしてでも仕事に必死で取り組んできたから――そう思えるようになれば、過去を後悔せずに済むんじゃないかって考えたの。この道を選んだ以上、後戻りはできないのだから」

そこがトワコさんのちょっと変わったところなのだ。家庭を失ったから仕事にのめり込む、というのとは違う。決断自体に正解も不正解もなく、その後の行動によって正解にしていくのだという、世界じゅうの哲学者が語ってきた真理を、トワコさんは離婚という出来事にも当てはめようとしたのだ。妙なところで、彼女は前向きなのである。

「でも……そのお仕事、辞めちゃったんですよね」

未来が顔色をうかがうようにして訊《き》いた。そうでなければ、トワコさんがいまここにいるるわけがない。

トワコさんは、ここでも失敗を恥じるように肩をすくめた。

「倒れちゃったのよ、仕事中に。離婚から、半年くらい経ったころかなあ」

国内の出張先で意識を失い、気がついたら病院のベッドに寝かされていた。幸い症状自体は重くはなく、医師から下された診断は、もろもろひっくるめて「過労、働きすぎ」とのことだった。

「そのときにねえ。私、何ていうか……心が折れちゃって」

そうとしか表現できなかったのだろう。トワコさんは寂しそうに微笑《ほほえ》む。

「ちょうど両親が歳《とし》を取って、九十九書店をどうしようかという話が出ていたときだったの。それで私、お見舞いに来た両親に言ったわ──『お店、手伝おうか』って」

トワコさんは会社を辞めて実家に戻り、書店を手伝い始めた。けれどもすぐに、年月を経るにつれ客足が遠のきつつある九十九書店の状況を知り、このままではいけないと思うようになる。彼女はお店の改修に取り組み、さらには地下にバーをオープンさせた。仕事に打ち込まずにいられない性分は、まったく変わっていなかったのだ。

「だって、いまさらのんびり働くようになったら、子供を手放した意味がなくなっちゃうじゃない……」

大まじめに、本人はそんなことを言う。かけるべき言葉が見当たらなかった。

「書店で働くようになってから、娘には会っているのか」

里中が訊ねる。

「娘は隣の県にいて、会いにいくには車で一時間以上かかるから、月に一度会えればいいほうって感じかな。私も忙しいものねえ」

でもその忙しさは、誰《だれ》に強いられたものでもないでしょう。そう思ったけれど、口には出さなかった。

「それで今回、どうして復縁を求められたんですか」

肝心なのはそこである。トワコさんはまたも頬に手を当てた。

「それがねえ……よくわからないのよ」

「わからないって、説明がなかったということはないでしょう」

「あったような、なかったような……あの人、不倫して悪かった、やっぱり自分たちにはきみが必要なんだって繰り返すばかりで、何があったのかについては語ろうとしなかったのよ」

そんな不自然な話があるだろうか。かつての配偶者に何の前触れもなく復縁を迫られて、理由も聞かずに受け入れる者など普通はいやしない。

「私もね、初めは復縁だなんてとんでもないって思ったわ。だけど事情がはっきりしないんじゃ、気持ちが悪くって、かえって断りきれないでしょう。あの人、たぶん何か隠してる。それを突き止めないことには、ねえ」

確かに、と思いつつ聞いていると、トワコさんがかしこまって体の前で手を組んだ。

「というわけで、佑さん」

「はい？」

「ちょっと、仕事を頼みたいのよ」

おっと、ここで来るのか。僕はこのバー・タスクで出される飲み物に、お代を支払ったことはない。その代わり、ときおりこうしてトワコさんに課される奇妙な《仕事》を果たす役目を負っている。

「仕事ってのは、つまり……」

「あの人がどうして復縁を望むのか、探ってほしいの」

まあ、この流れならそうなる。

「元妻のトワコさんにわからないものを、部外者の僕に突き止められるとは思えないんですけど」

「逆よ、逆。相手が私だからこそ、打ち明けられないこともあると思うの。それを突き止めるには、部外者たる佑さんの協力が不可欠なのよ」

一理ある、と思ってしまう自分が憎い。こうしていつも、無理難題を彼女に押しつけられてきたのだ。

「だけど、隣の県となると時間も交通費もかかりますよね……時給は入らず交通費は出ていくとなると、しがないバイト書店員に過ぎない僕にはけっこうな痛手なのですが」

それもそうねえ、とトワコさんがつぶやいたときだった。

「俺も、手伝うよ」

里中が突然そんなことを言い出したので、僕は面食らった。

「手伝う、って？」

「佑くんに協力するって言ってるんだ。俺が車を出すよ。それなら交通費はかからないだろう」

「ありがたい申し出ですけど……どういう風の吹き回しで？」

「別に、何だっていいじゃないか。手が貸せると思ったから、そうするまでだ」

親切心を発揮しようとしているわりには、妙にぶっきらぼうである。トワコさんの元夫同様、この人も何か隠しごとをしているのでは、と僕は思った。

一方で、トワコさんは何の疑いもない笑顔である。

「里中さんが協力してくださるなら心強いわねえ。今日の飲み代、なしでいいわ」

という流れで、仕事を断れる雰囲気ではなくなり――いつものことなのだが――僕は里中とともに、トワコさんの元夫に対する調査を開始することになったのだった。

3

「母さんはさ、父さんとよりを戻したいと思ったことはある？」

あくる日の夕食の席で、僕は母にそんなことを訊いてみた。

何気なく切り出したように見せかけたかったが、うまくできたかどうか。僕の物心がついたころにはいなかった父親の話など、これまで母子のあいだでほとんどしてこなかった。どうしたって、不自然にはなる。

ダイニングテーブルの向かいに座る母は、僕の質問に箸を止め、目を丸くした。

「どうしたの、藪《やぶ》から棒に」

「知り合いがね、別れた夫から復縁を求められてて、理由を知りたがってるんだよ。それで、母さんの話が少しは参考になるかと思って」

母からの一方的な情報でしかないのでどこまで正確かは知る由もないが、僕の両親が離婚したのは、父親がよそに女を作って出ていったからだと聞いている。僕が実の父親に会った記憶がないのもそのせいだ。母は産休期間を除けばずっとフルタイムで働いていたそうだし、子供を引き取った点は異なるとしても、トワコさんとは近い立場のはずだ。

「たとえば父さんのほうから、復縁の話が出たことは」

「あるわけないわ」

即答だった。

「じゃあ母さんは、実際に表明するところまではいかなかったとしても、父さんとやり直せたらなあ、とか考えたりしたことは……」

「佑」

母は、箸をそろえてテーブルの上に置いた。

「それは、とても難しい質問よ。軽々しく答えられることじゃない」

重苦しい空気にならぬよう、あえて軽い感じで訊ねたのが裏目に出た。僕もつられて箸を置く。

「ごめん。答えたくなければ答えなくていいよ」

「でも、知りたいんでしょう」

「それはまあ……参考になりそうなら、だけど」

母は目を伏せる。言葉を選ぶような間があった。

「私たちを捨てて別の女性と暮らすようになったあの人を、連れ戻したい気持ちがあったかと問われれば、その答えはノーだわ。一秒だって、やり直したいと思ったことはない」

その心境は想像にかたくない。むしろ、このくらい簡潔な答えが返ってくるのではと予想したから、気軽なふりをして訊けたのだ。

「だけどね……やっぱり、戻ってきてくれたらと思うこともあったわ。あなたに一切の責任がないことは、先に言っておくけれど」

丁寧な口調で、母は前置きをする。

「あなたに父親がいないことで苦労をかけてしまったり、私自身が苦労を感じたりした日は数えきれないくらいあったわ。そういうとき、血のつながりという意味ではあなたのたったひとりの父親が、同じ家にいるほうがよかったんじゃないかと思ったりもした。現実にはありえないとわかっていながら、あの人とやり直せたら、と考えたこともあった」

僕は、母の顔を直視できなかった。

どんな家庭にだって大なり小なり問題は生じる。そのとき、家庭を支えていくべき立場にある人――多くの場合、家庭を作り上げた《夫婦》や《親》がそれにあたるだろう――は、どこに問題があるのか、何が足りないのかと考えるに違いない。

その点では、こんな言い方はどうかとも思うが、単親家庭はいないほうの親に原因を求めやすい。もちろん実際にはそんな単純な話ではないだろうが、離婚などで配偶者を失った人がわが子に対して後ろめたさを感じ、「両親がそろっていれば」と思ってしまう瞬間があるのは、子供の立場の僕から見てもよくわかる。

そんなことを考えていたら、肝心の目的を忘れてしまった。成人して久しい僕に、だからこそ語ってくれたのだろう母のほうが、よほど冷静だった。

「それで、この答えで参考になりそうなの」

「あ……うん、そうだね。参考になったよ」

とでも言うしかない。現実に母の口から「やり直せたら、と考えたこともあった」と聞いたことの重みは大きい。しかし、それは想像を確かにしただけとも言える。

トワコさんの元夫が語ったらしい「きみが必要」という言葉を根拠に、僕は彼が単親家庭に限界を感じたのではという想像を抱いた。母の話もまた、この想像をなぞるものでしかなかった。

「そう。ならいいけど」

だからまんざらでもなさそうにしている母に、僕は真意をカムフラージュしつつ、次の一言を告げた。

「ありがとう」

——話してくれてありがとう。これまでずっと、話さずにいてくれてありがとう。

4

「……それにしても、復縁を望む理由なんてどうやって調べればいいんですかね」

里中の運転する車の助手席で、僕はぼやく。仕事と称して探偵の真似事をするのも、このごろはいい加減慣れて、といっても技術は向上するはずもないが、少なくとも抵抗はなくなってきた。

タスクで仕事を言い渡された二日後、時刻は夕方の五時過ぎ。車はトワコさんの元夫の住む町を目指して快調にひた走っている。

里中が仕事を休みにできる直近の日が今日だった。そこで僕もバイトを休み、この仕事のために稼働することにしたのだ。トワコさんのために動いているのだから、休みはスムーズに取得できた。いまごろはトワコさんがひとりで、九十九書店を回しているはずだ。

「調べるも何も、本人から直接聞き出すしかないだろうなあ」

ハンドルを握る里中は平然と言うが、それが容易じゃないから不安なのである。

「赤の他人に打ち明けてくれるとはとうてい思えませんけど……」

「かといってトワコさんの知り合いだとバレたら、ますます口を閉ざすに違いない」

「トワコさん本人に言わないことを、その周囲の人間に洩《も》らすわけはありませんものね」

「難しいな。まして佑くんは顔を見られているから、会うのすらもはばかられるし」

そうなのだ。九十九書店にいた僕が元夫の前に姿を現せば、トワコさんの差し金であることは一発で露見してしまう。

「僕、いる意味あるんですかね」

「何かしらの役には立つさ。意味があるのか、じゃなくてその意味を考え出してくれよ」

ぼした。

と言われても。道路の先をにらむ里中の、彫りの深い横顔を見ながら、僕はため息をこぼした。

トワコさんからは元夫と娘の名前、住所、娘のかよう保育園などの情報を仕入れてある。現地に着く前に、それらをメモしたノートを開いておさらいしておくことにした。

「一ノ瀬《いちのせ》瞬《しゅん》。三十六歳。トワコさんと離婚した時点では、ＩＴ関連企業で契約社員として働いていたそうです」

給料は高くなかったが、そのぶん勤務時間が短かった。それで、父親すなわち一ノ瀬のほうが、娘の面倒を積極的に見た。

「ハンドレッド夫婦だな」

と、里中がだしぬけにおかしな単語を口走った。

「ハンド、レッド？　手が赤いってことですか」

「違うよ。九十九に一を載せたら、百になるだろう。だから、hundred」

ああ。ただの言葉遊びか。

「それだけ聞くと、相性よさそうですけど」

「どうかな。キリがいいから、縁も切っちゃったんじゃないか」

「なるほど。そういえば一ノ瀬さんの下の名前、一瞬の《瞬》という字なんです。名前に《永久《とわ》》が入るトワコさんとは、相性が悪かったのかも」

「くだらないこと言ってないで、次の情報をよこせよ」

始めたのはどっちだ。僕は肩をすくめた。

「娘の名前は凪《なぎ》。五歳というのは、前にもトワコさんが話してましたね。普段は父親と暮らす自宅からほど近い保育園にあずけられているそうです」

里中はハンドルから離した手であごをさすって、

「自然な形で一ノ瀬と接触を図るなら、娘を利用するのが一番だろうな」

「と、言うと」

「保育園の迎えのタイミングを狙《ねら》うんだよ。一ノ瀬は保育園に姿を現すはずだし、その日の仕事を終えて来るから話を聞く時間もきっとある」

だから今日、里中はこの時間帯に僕を連れ出したのか。

「どんな風に声をかければ、自然に思われるでしょうか。里中さん、策はありますか」

里中は、こちらを一瞥《いちべつ》して言った。

「ま、出たとこ勝負だな」

考え深いんだか向こう見ずなんだかわからない人だ。どのみち僕が一ノ瀬と話すわけではないが、この人本当に大丈夫か。

「そもそも、何で里中さんは今回、協力を申し出たんですか」

里中は、あっけらかんとして答えた。

「俺も離婚経験者、みたいなもんだからな」

僕は以前、里中の自宅へ行ったときのことを思い出した。ひとりで住むには広い家だと感じたのだが、やはりかつては同居する家族がいたのだ。

「あの、理由とか訊いても？」

「言っておくが、俺は不倫なんかしてないぞ。だからあれはまあ、不仲としか言いようがないよなあ」

通りを走る僕らの車の前方に、右折したがっている対向車があった。里中はパッシングをして、その車を先に行かせてやった。

「結婚して、十年も経ったころかなあ。嫁とケンカばかりするようになっちまって。取り立てて原因なんてなかったんだ。些細なことから始まるいさかいの積み重ねで、気がついたらお互い顔を合わせるのも嫌になっていた」

僕の知る限り、里中は大らかで気のいいおじさんだ。運転だって丁寧なものである。身内にいら立つ彼の姿は想像もつかないが、誰しも家庭でしか見せない顔を持っているものなのだろう。

「そんで二年くらい前に、とうとう嫁が中学生になる娘を連れて家を出ていっちまってな。以来、俺はひとり寂しく酒を飲んで過ごす毎日さ」

里中が毎晩のようにタスクに現れるのは、寂しさをまぎらすためだったらしい。そう思うと、妙に広々としていたあの自宅がもの悲しく感じられてくる。

「さっき、離婚経験者みたいなもん、とおっしゃいましたけど」

「離婚届を出してはいないからな。一応、まだ別居の段階だ。だけどもう、いまさら元の鞘《さや》に収まることはない気がしているよ」

ハンドルを握る姿に、哀愁が漂っている。

「だから人のそういう話を聞くと、ほうっておけなくてなあ。おせっかいなのは百も承知だが、手助けしてやりたくなったのよ」

「そういうことでしたか……」

僕は結婚したことがないから、離婚における当事者の――つまり離婚する親側の――気持ちがわからない。反対に当事者にしかわからない気持ちを携《たずさ》えて、里中は目下、一ノ瀬の住む町に向けて車を走らせているのだ。トワコさんの力になりたがっているようでいてその実、復縁するかどうかの瀬戸際にいる二人に、自分と妻を重ね合わせているのかもしれない。

「ほら、着いたぞ」

里中が車をとあるコインパーキングにとめ、僕らは降車した。すぐ近くに、凪のいる保育園がある。その入り口を、二人で見張ることにした。

保育園は市立で、建物は大きくてきれいだった。広くはないけれど庭もあり、いくつかの遊具が設置されている。

近づきすぎると怪しまれるので、入り口の門から少し離れた電柱の陰に立った。間もなく夕方の六時になる。保護者が子供を迎えに来る時間帯だろう。

「一ノ瀬の顔は、佑くんしか知らないんだからな。しっかりしてくれよ」

里中はそう言って僕の肩を叩《たた》く。あたりはすでに暗く、距離があると人の顔の判別は難しい。見逃さないようこらした目に溜《た》まる疲労は、なかなかのものだった。

迎えに来る保護者は女性のほうが多く、男性が少ないのは幸いだった。さらに背格好や髪型で何割かを排除して、残る男性保護者については、門の明かりに照らし出される顔をチェックする。そうして五十分ほどが経過したころ、僕は声を上げた。

「あの人です」

清潔に整えられた短めの髪。痩せ型でやや高身長。さっぱりとした顔立ち。九十九書店で見かけた、一ノ瀬瞬に違いなかった。

「なに。あの優男《やさおとこ》か」

里中が電柱から身を乗り出す。

「ええ。確かだと思います」

「よし、じゃあ行ってくる。佑くんはここで待っててくれ」

「うまく運んでくださいね」

「まかせとけ」

里中は親指を立て、保育園の門のほうへずんずん進んでいった。

その迷いのない足取りを見て、僕は安心する。何だ、里中さん、出たとこ勝負だなんて言ってたけど、何て声をかけるのか、待ってるあいだに考えておいてくれたんだな。まあ彼も僕よりずっと大人だし、こういうときの適切な振る舞いは心得ていることだろう。

先生が娘の凪を呼びにいっている最中なのか、一ノ瀬はビジネスバッグを体の前に提げ、所在なさそうにしている。そこに突撃していった里中が、こちらにも聞こえる音量で、第一声を放った。

「おらあああああああ！　おまえが一ノ瀬か！」

……は？

突然の事態に呆然《ぼうぜん》とする一ノ瀬の胸倉を、里中がつかむ。

「よくも俺のトワコに手ぇ出しやがったなコノヤロウ。ちょっと面《つら》貸せおら！」

僕は頭を抱えた。

「ちょ、ちょっと待ってください。あなた、誰なんです」

体を揺すってくる里中に必死で抵抗しながら、一ノ瀬は問う。

「俺はなあ、トワコのこれだよ！」

里中は立てた親指を突き出してみせる。本当に、彼は何を言っているのだろう。トワコさんと里中がそういう関係にないことを、僕はよく知っている。

「トワコの？　彼女、恋人はいないって言ってたけど……」

「いいから面貸せって言ってんだ。貸すのか貸さねえのか、どっちなんだよ」

「と言われても、ぼくは娘を迎えに来たところですし。だいたい、ぼくがトワコに手を出したっていうのは誤解です」

「嘘《うそ》をつけ嘘を。ヨリ戻してくれって泣きついたんだろうが」

「それは……あの、大丈夫ですか？」

突如、一ノ瀬が里中の顔をのぞき込むようにした。里中は首をがっくりと折り、肩を震わせていた。

「トワコはなあ……俺は、本気でトワコを愛してるのに……」

驚くべきことに、里中は泣いているのだった。トワコさんに対する思いの丈《たけ》も、どこまでが真実なのかわからなかった。

「パパー、その人誰？」

いつの間にか娘の凪が、門のところへやってきていた。父親の胸倉をつかんだまま嗚咽《おえつ》するおじさんに、穢《けが》れのない眼差しを注いでいる。一ノ瀬は里中の肩を抱いて移動を開始し、僕は意味不明な展開にすっかり当惑しつつ、彼らのあとを追った。

歩いて数分のところにファミリーレストランがあり、一ノ瀬父娘と里中はそこに入っていった。すぐあとに僕も続いて、店員とうまく交渉し、彼らから適度な距離を置いた席、一ノ瀬からは背後になって見えない位置に陣取った。

さすがにもう里中は泣くのをやめ、テーブルをはさんで一ノ瀬と向かい合っていた。父親の隣に収まった凪はお子様ランチに夢中で、大人たちの会話にはまるで興味を示していないのが後ろ姿からでもわかった。

5

「どうしてトワコに復縁を申し込んだんだ」

里中が口火を切り、僕は耳をそばだてる。

トワコさんの差し金だとバレたらまずい、とさんざん言っていたわりに、里中は自分が彼女の知人であることをあっさり明かしてしまった。あまつさえ、付き合っていると嘘までついた。これでは一ノ瀬も本心を語るまい、と僕はあきらめていたのだが、里中はその状況を逆手に取ることにしたようだ。

「俺も男だ。あんたがもし腹を割って話してくれるんだったら、トワコを譲ることも考えないではない」

その言葉を真に受けてよいものか、一ノ瀬はしばし逡巡《しゅんじゅん》していたようだったが、やがてぽつりぽつりとしゃべり始めた。

「……このところ、仕事が忙しくなってきまして。ひとりで娘の世話をするのが、難しくなってきたんです」

凪はチキンライスの山のてっぺんに刺さった、つまようじの旗をもてあそんでいる。

「トワコが娘の面倒を見ていなかった点を責めて、親権を取ったんだろう。なのに、いまになって彼女に娘の面倒を見てくれと言うのか」

里中の口調は非難の響きをはらんでいるが、一ノ瀬は淡々としている。

「ぼくはトワコと結婚する以前から、いまの職場で契約社員として働いていました。しかし昨年、会社のほうから誘いをもらって、正社員に昇格したんです。すると仕事が俄然《がぜん》忙しくなり、いままでのように子育てに時間を割くことが難しくなりました。今年に入ってからは、重要なプロジェクトのメンバーにも加えてもらって……正直、寝る間も惜しいほどです」

表情こそ見えないものの、つらい状況に弱音を吐いているという感じではなかった。

「三十半ばも過ぎて何を言うのかとお思いでしょうが、責任ある仕事をまかされるようになって初めて、働くのが楽しい、と心から思えるようになりました。大変だけど、やりがいを感じています。——でも、仕事に打ち込むようになったぶんだけ、娘にかまってあげられる時間は減ってしまって。悪いと思わずにいられないんです」

「だから自分の代わりに、母親のトワコが娘のそばにいてくれたら、と考えたわけだな」

一ノ瀬はうなずいた。

トワコさんが娘の凪としばしば面会していた関係で、一ノ瀬はトワコさん本人から身辺の状況をちくいち聞いていた。忙しかった商社を辞めて実家の書店を継いだこと。かつてに比べたら——暇になった、わけではないが——少しは時間に融通が利くようになったこと。恋人がいず、再婚の予定もないこと。

「事情が変わったのは理解した。だが、それでトワコに戻ってきてくれと頼むのは、虫がよすぎるとは思わないのかね」

里中は手厳しい。娘を妻に連れ去られた自身の経験が、そうさせるのかもしれなかった。

「……離婚の原因を作ったことは弁解の余地もありません。でも、身から出た錆《さび》だからといってひとりで背負い込んだところで、娘に負担を強いるだけです。現実問題として、やむを得ず娘に寂しい思いをさせてしまっている。ならば、それを解決する方法を考えていくべきだ」

それに——と、ここで一ノ瀬はいくらか声を落とした。

「いまならあのころのトワコの気持ちが、少しはわかる気がするから」

「トワコの気持ち？」

「ええ。産後間もなく復職したのちは、娘の世話をろくにせず、ぼくに押しつけてばかりで……正直、こいつには親としての愛情が欠落しているんじゃないか、と疑ってすらいました。だから離婚のときには、彼女に娘はまかせられない、ぼくが引き取ると主張したんです。――だけどいまでは、仕事が大切だという彼女の気持ちがわかる。ぼくも、そうなったから」

正社員になったことで自分の仕事に、喜びや誇りを見出したから。

「もちろん、娘は仕事以上に大切です。それは何ものとも比較なんてできやしません。だけど――」

一ノ瀬はうつむき、声を震わせた。

「親として、絶対に考えてはいけないようなことを、考えてしまう瞬間もあるんです……」

僕は、彼が何を言わんとしているのかを察した。娘さえいなければ、もっと仕事に打ち込めるのに――そんな考えが、脳裡をかすめることがあるのだろう。

明らかに、一ノ瀬は追いつめられていた。だからこそ、彼はトワコさんを頼った。そうするしかなかったのだ。

「それならそうと、なぜ正直にトワコに話さない？」

里中の声音からは険が取れ、なだめるようになった。

「離婚の際、娘を引き取るうえで、彼女の仕事に対する姿勢を少なからず批判しました。

いまさら、仕事で忙しくなったから助けてほしい、だなんてぼくの口からはとても……」

「そんなこと言ってる場合じゃないだろうが。娘のためだっていうのなら、トワコからどんな言葉をぶつけられようが、あるいは平手打ちの一発や二発食らおうが、すべて受け止める覚悟で臨めよ」

自身も人の親として、里中は本気で叱っているように感じる。一ノ瀬は肩を丸め、恐れ入っていた。

「おっしゃるとおりです……本当は、打ち明ける勇気がなかっただけです。元はと言えば離婚の原因を作ったのは自分なのに、彼女に助けてもらおうなんて甘いことを考えて、しかもこの期に及んで体裁を取りつくろおうとしている……ぼくは、父親失格です……」

一ノ瀬がさらにしょげ返る。里中は頭をがしがしとかいて、宣言した。

「――保留！」

びくっとしたあとで、一ノ瀬が問う。

「保留、とは」

「あんたの話を聞いた限りじゃ、とてもじゃないがトワコを渡す気にはならねえよ。だが、かといってほかの解決策があるわけじゃなし、あんたはともかく凪ちゃんの今後に関《かか》わる手前、ただ見捨てるのも寝覚めが悪いからな。したがって、今日のところは保留といたす」

「でも、それならぼくはどうすればいいんです」

里中は下唇を突き出し、

「しょせん、俺は部外者だからな。どうするのかは、トワコ本人が決めるだろ」

と、身も蓋《ふた》もないことを言った。

里中がテーブルの上の伝票を取り上げ、料金を支払ってレストランを出ていく。僕もあとに続き、コインパーキングで追いついて車に乗り込んだ。

「話、聞いてたろ。どう思ったよ」

質問を投げられ、反応に困った。

「何というか、どうしても僕はトワコさんに肩入れしてしまうので……しっかりしろよ、と言いたくなりましたね」

きみにしちゃ辛辣《しんらつ》だな、と里中は苦笑し、でもさ、と続けた。

「世の中、あんなやつばかりなんじゃないのか。そのときどきの感情にまかせて物事を推し進めておいて、事情が変わったら手のひら返してさ。行き当たりばったりなんだよ。だけどそれ、責められるか？　誰しも予知能力なんてありゃしないし、未来を予想してみたところでちっとも当たらない。俺はこの歳で独り暮らしになるなんて、ほんの何年か前までは想像すらしていなかった。きみだってそうだろう？　せっかく就職した会社、二年で辞めるなんて思いもしなかったんじゃないか。だから結局は、状況に応じて動くしかないんだ。そうやって、本人はあくまでも最善を尽くしてるつもりで、はたから見たらまるで常識外れの振る舞いに及んでいるやつが、ごまんといるんじゃないかと思うよ。自分もそのひとりじゃないと、どうして言いきれる？」

返答に詰まった。里中が一ノ瀬を、ある意味で擁護するような発言をするとは思わなかったからだ。

「俺はさ、あの男はろくでもないけど、少なくとも娘のことはちゃんと愛しているように見えたよ。自己嫌悪に陥って、年甲斐《としがい》もなく涙ぐんだりするのも、愛情があればこそだと感じたんだ。きみは子供の側に立つから、父親に対して厳しくならざるを得ないのかもしれないけどさ」

子を持たない僕が娘の凪に感情移入したのとは反対に、里中は同じ父親として、一ノ瀬にわが子への愛情を見出したのだという。ならばその見立ては、信頼していいのかもしれない。

「だから、保留だったんですね。却下じゃなくて」

僕が言うと、里中は照れくさそうにした。

「俺なんかが口出ししなくても、トワコさんなら娘にとって正しい選択をしてくれるよ」

里中が車のエンジンをかけ、僕らは楠田への帰路に就く。通りに出て、しばらく道なりに進むのみとなったところで、僕は訊ねた。

「そう言えば、あれ、マジですか」

「あれ、って？」

「トワコさんを愛してるとかっていう――」

突如《とつじょ》、里中がハンドル操作を誤った。車が反対車線にはみ出し、対向車から派手にクラクションを鳴らされる。あわや正面衝突かという事態だったが、辛くも里中がハンドルを切り直し、元の車線に戻ったので事故は免れた。

「死ぬかと思いましたよ！」

僕が抗議すると、里中も抗議を返す。

「きみが妙なこと言うからだろうが」

対向車のヘッドライトに照らされた里中の横顔は、赤らんで見えた。

「妙なことって……自分でそう言ったんでしょう」

「行《ゆ》きがかりというか、口実というか、とにかくあの場ではああ言うしかなかったんだよ。いいか、そのことには二度と触れるんじゃない。特に、トワコさんの前ではな」

ムキになるところが、かえって真実らしい。まだ離婚も成立していないのに、と思いはしたものの、人の恋路を笑う悪趣味はないし、何しろ命が惜しい。僕はそれ以上、彼の心のうちを暴こうとはしなかった。

6

「……と、いうことだったよ」

善は急げで同日、僕と里中は楠田に戻るとただちにバー・タスクへ足を運んだ。里中が一ノ瀬との会話の内容をひととおり再現すると、トワコさんはまたしても頰に手を当てる。

「どうしたらいいのかしらねえ」

「さあな。最終的には、トワコさん自身に決断してもらうしかないから……」

「なーんか、釈然としないなあ。嘘くさいっていうかさあ」

口をはさんだのは未来だ。

「嘘くさい？」

「仕事が大変で子供の面倒見られなくなって、それで助けを求めて来たのなら、やっぱり正直にそう話すのが筋だと思うの。まだ何か、隠しごとしてるような気がする」

「俺は、そうは感じなかったけどなあ」

一ノ瀬と話した張本人である里中が否定しても、未来は退《ひ》かない。

「里中さんは男だから。同性には、無意識に甘くなるもんだよ」

「トワコさんはどう思います？」

僕が訊いてみたものの、トワコさんは何とも言いがたい様子だ。

「隠しごととか、そんなに得意な人ではなかったと思うけど……」

「仮に未来ちゃんの言うとおりだったとしても、だ。次の隠しごとを突き止めるまで結論は先延ばし、なんてやってたらキリないぜ。どこかで結論を出さないと」

「それはそうだけど、だからと言っていますぐ答えを出せる話じゃないわよねえ」

　当然だ。里中はトワコさんの行く末が気にかかるのだろうが、本来は結論を迫るほうが酷なのだ。

「娘のことを第一に考えなきゃいけない、とは思うの。だけどそうは言っても、私にもいまの生活があるわけだから。あの人のもとへ行くとなると、いろいろなものを捨てることになる。このお店だって――書店もバーも、続けられなくなっちゃうだろうし」

　そう言われ、僕ははっとした。

　一ノ瀬の住む町へは、車で一時間以上かかった。トワコさんが彼らと生活をともにしながらバーに立ち続けるのは現実的ではなく、せめて書店だけでも続けたいと考えたとしても、体力的に負担を強いられるだけでなく、結局娘の面倒をあまり見られないということにもなりかねない。

　その点に思い至らなかったのは間抜けだった。僕はいま、失業の危機にさらされているのだ。

　こちらの動揺を見透かしたように、トワコさんが付け加える。

「佑さんのことも、心配よねえ」

それでも僕は、強がった。

「僕のことは、気にしないでください。トワコさんは、自分のことを考えて」

「よく言った、佑くん。それでこそ男だ」

里中の褒《ほ》め方は雑ではあったが、悪い気はしなかった。

「とにかく、俺はやれることをやったよ。これ以上は力になれそうもない」

「そうねえ。ありがとね、里中さん」

「いいってことよ。こっちから首突っ込んだんだし」

さほど役に立ったとも思えないのだが、里中は得意そうにしている。

「それに、佑さんもありがとう」

「いいえ。僕は今回、一ノ瀬さんを見分けただけですし」

トワコさんはその場にあらたまり、僕らの顔を見回して告げた。

「しっかり考えます。あの人とも、もう少し話し合ってみる」

7

けれどもトワコさんはその日以来、ますます悩みを深くしているように見えた。

書店にいてもバーにいても、彼女のため息ばかりが聞こえてくる。昔、ため息でもカロリーを消費するからダイエットにつながる、なんて冗談ともつかない噂《うわさ》を耳にしたことがあるが、それが事実ならトワコさんはいまにガリガリにやせ細ってしまうのではないか、と思えるほどなのだ。

いつもはふんわり浮世離れしていて、切羽詰まった感じをまったく出さないけれど、仕事では一切手を抜けない生まじめな人だということは、彼女が明かしてくれた過去が物語っている。せめてこういうときくらい、僕が仕事をなるべく多く引き受けて彼女に楽をさせてあげたいとは思う。ところが彼女は、まるで懊悩《おうのう》を振り払うかのように、むしろいつにもまして精力的に働くようになってしまった。それでいて、ちょっと手が空いたすきには、やっぱりもの憂《う》げに考え込んでいるのだ。

そばで見ていて彼女のことを心配しながら、それでも日々はつつがなく過ぎた。しかしその平穏こそ嵐《あらし》の前の静けさだったのだと、やがて僕は思い知ることになる。

あっという間に年の瀬が迫り、十二月三十日、九十九書店の年内最後の営業を終えた。閉店作業を完了し、トワコさんは店の軒先で伸びをしている。

「んん、今年もよく働いたわ。佑さんが来てくれるようになってから、本当にいろいろ助かっちゃった。ありがとう」

「こちらこそ、お世話になりました。トワコさんに拾ってもらえたおかげで、路頭に迷わなくて済みました」

僕は深々と頭を下げた。トワコさんが誘ってくれなかったら、いまでも無職のまま不毛な毎日を送っていたかもしれない。いくら感謝してもしきれない。

帰り支度はすでに済んでいた。コートの前を合わせる僕に、トワコさんが白い息とともに告げる。

「新年の営業は四日からだから。ゆっくりと、いいお正月を過ごしてね」

「はい。トワコさんも、よいお年を」

手を振って九十九書店に背を向け、自宅に向けて歩き出す——直後、後ろでどさっと音がした。

振り返る。

「と、トワコさん!」

トワコさんが、路上に倒れていた。

慌《あわ》てて駆け寄り、彼女を抱き起こす。本当は、動かさないほうがよかったのかもしれない。けれどもこの緊急事態に、適切な対処を判断する余裕がなかった。

「トワコさん、大丈夫ですか!　しっかりしてください!」

必死で呼びかけるも、トワコさんは目を覚まさない。近くを通りかかった人が、すぐに救急車を呼んでくれた。

「……過労、でしょうね」

病院まで付き添った僕に、トワコさんを診察した男性医師が、真っ先に告げたのはそのことだった。

トワコさんのいる病室から出てきた医師と、立ち話をしている状況である。僕はトワコさんの実家に取り急ぎ連絡をして、これから彼女の親が病院に駆けつけることになっていた。だからきちんとした説明は、そちらが受けるだろう。僕は付き添いとして簡単な、最低限の診断を聞いているに過ぎなかった。

「過労、ですか。重い病気などではないんですね」

「ええ。いまは意識を取り戻して、病室で安静にしています。ひととおり検査しましたが、取り立てて悪いところは見当たらない。少し休んで、今夜じゅうには自宅に帰れるでしょう」

胸を撫《な》で下ろした。何をおいても、命に別状がなくてよかった。

「問診をおこなったところ、最近は眠れない夜が続いていたとのこと。にもかかわらず、昼も夜も働きづめだったそうですね。それは、誰だって体にこたえます」

トワコさんが睡眠不足だったことには気がつかなかった。きっと、復縁の件で悩んでいたからだろう。倒れるほど無理をしていたのなら、顔や動作にも現れていたはずなのに。毎日長い時間を一緒に過ごしながら、察してあげられなかった自分の鈍さを呪《のろ》う。

「聞けば幸い、年末年始は仕事がお休みだとか。とにかくしっかり休養を取って、回復に努めることですな」

「トワコさんと、話ができますか」

「かまいませんよ。本人が疲れないよう、いたわってあげてください」

では、と一揖《いちゆう》し、医師は去っていった。

病室の引き戸をそっと開ける。純白の布団で覆われたベッドの上から、トワコさんが頼りない眼差《まなざ》しを向けてきた。

「トワコさん」

ベッドのそばに近寄り、名前を呼んでみる。トワコさんの声は寝起きみたいだった。

「迷惑かけちゃったわね。ごめんなさい」

「いいんですよ。こんなときまで、気を遣わないでください」

トワコさんは、焦点の定まらない目で天井を見上げる。

「働きすぎだって、先生に怒られちゃった」

「そのようですね」

大病とかじゃなくてよかったですよ、と言った。気休めではなく本心だった。でも、トワコさんの表情は沈んでいる。

「昔から、そうだったのよね。つらいことや苦しいことがあったときでも、一所懸命働いているあいだは忘れられた。生きてることを実感できて、もっとがんばろうって思えたの」

でもね、と彼女は自分の腕をさすった。

「この体は、がんばることすら許してくれないみたい」

その目には、涙が浮かんでいた。

「前回もそれで倒れてしまって、すると離婚の悲しみが一気に押し寄せてきて……私、泣いたなあ。仕事を休むしかなくなって、一日じゅう泣いて暮らしてた」

「トワコさん……」

「私って、本当にバカよね。ちっとも成長できていないんだもの」

無理に作った感じの笑みが、何とも痛々しかった。

僕はかつて仕事がつらくなり、精神を蝕まれてそこから逃げ出した。その判断に間違いはなかったと確信しているが、逃げ出したことは事実である。

反対に、トワコさんはほかのつらいことに追われ、仕事に逃げ込んだ。それは誰かが音楽を聴いて心を癒したり、登山をしてリフレッシュしたりするのと同じことだったのだろう。トワコさんが仕事に精神の安定を見出していたのなら、それ自体はまったくもって否定されることではないし、むしろ仕事に打ち込むというのは通常、褒められる行為であるはずだ。

だから「働いてはいけない」と告げられたとき、トワコさんは一時的にせよ音楽好きが難聴になるのと、あるいは登山好きが足をケガするのと似た絶望を味わったのではないか。

彼女にとっては、逃げ込む場所を取り上げられたも同然だったのだ。

いま、トワコさんを働かせるわけにはいかない。しかし、では彼女に一切の仕事を禁じてしまっていいのか。以前と同じ絶望を、また彼女に味わわせていいのか。

僕にしてあげられることは、ひとつしかない——そして、それは彼女をここまで追いつめた懊悩を、解きほぐすことにもつながるはずだった。

「トワコさん」

あらためて、名前を呼んだ。トワコさんは目元をぬぐう。

「何？」

「いまから僕が、あなたに《仕事》を課します」

まず、彼女の瞳《ひとみ》に驚きが浮かんだ。次《つ》いで見られたのは歓迎ではなかった。測るような、試すような光だ。

「報酬がなければ、仕事とは言わないわよ」

もちろん、僕はそんなことも考えずに言葉を発したのではなかった。

「報酬は、あなたがいないあいだ、僕が九十九書店を守ること。それでどうですか」

トワコさんはただちに悟ったようだ。僕が、生半可な気持ちで彼女に仕事を課そうとしているのではないことを――彼女は、口元を緩めたのだ。

「それで、私は何をすればいいの」

雇う者と雇われる者とで、初めて立場が逆転しようとしている。僕はあくまでも命じるつもりで、トワコさんにきっぱり告げた。

「僕から課す仕事、それは――」

8

トワコさんが倒れるまで追いつめられてしまったのは、結局のところ一ノ瀬との復縁のことで悩んでいるからなのだ。ならば、結論を出してしまう以外に、彼女が復活する道はない。

とはいえ彼女はこれまでにもさんざん、結論を出そうと努めてきたのだと思う。それでも決めきれないのなら、頭だけで考えていたって仕方がないということだ。と、いうわけで――。

正月の三が日が明け、九十九書店の新年の営業を開始する日。自宅の玄関でスニーカーの靴紐《くつひも》を結んでいると、背中から母が声をかけてきた。

「本当に、大丈夫なの。あなたひとりで、書店を営業するなんて」

心配そうにしている母に、残念ながら僕は、自信に満ちた言葉を返せない。

「不安がないって言ったら、嘘になるかな」

でもやるしかないんだ、と続けた。

「約束したから。トワコさんがいないあいだ、僕が九十九書店を守るって。まあ、これまでだってひとりで店番したことは何度でもあるし、要領はわきまえてるよ。それに、いざとなったら電話でも何でも、トワコさんに連絡を取ることはできるからね。もちろん、なるべく頼らないようにはするけど」

母は目を細めた。

「仕事を辞めて途方に暮れてたころが、何だか嘘のようね」

「もう半年以上、前の話さ。僕だって知らなかったんだ、自分がこんなにがんばれるなんて」

振り返らずに、行ってくる、と言い残して家を出た。照れ隠しも含まれていた。

九十九書店に着くと、店の前にトワコさんが立っていた。白い息を吐き、肩からはボストンバッグを下げている。

「佑さん。しばらくのあいだ、よろしく頼むわね」

「まかせてください」

ここでは虚勢を張った。胸をどんと叩いて、大船に乗ったつもりで、なんてことまで言った。

――僕がトワコさんに課した仕事。それは、《もう一度、家族で暮らしてみる》というものだった。一ノ瀬と娘の凪とトワコさん、三人で寝食をともにするのだ。

たとえトワコさんが復縁に同意したところで、三人での生活がうまくいくかどうかなんて、やってみなきゃわからないだろう。だから決断するより先に、いったん試してみてはどうかと考えたのだ。それでうまくいけば復縁するのもいいし、問題がありそうならやめておけばいい。とても大事なことなのだから、そのくらいの検討は許されるだろう。

トワコさんが一ノ瀬の家に身を寄せるのであれば、現在の書店やバーの仕事を続けるのは難しくなる。この点、トワコさんからの反発があるかもしれないと思っていたものの、彼女は案外あっさり僕の提案を受け入れた。そして彼女が一ノ瀬に連絡を取ってみたところ、彼のほうでもトワコさんを迎え入れるのは、一時的であろうと歓迎とのことだった。

そこで今日、すなわち九十九書店が営業を再開する一月四日より、トワコさんは一ノ瀬の住む町へ行くことになったのだ。

「お店のことは心配しないで、今後どうするのかを納得いくまで考えてきてください」

「ありがとう、佑さん。でも、バーまではまかせられないから、里中さんや未来ちゃんのことも心配よねえ」

タスクの常連客のことまで気にかけるのがトワコさんらしい。気持ちはわかるが、彼らだって大人だ。バーがなければ、別に居場所を見つけるだろう。

「それじゃ、行くわ。がんばってね」

「はい。トワコさんも、どうぞお元気で」

そして楠田駅のほうへと歩いていくトワコさんの背中を、僕は書店の軒先から見送った。

それから一週間、正確には定休日をはさむ六日間、僕は九十九書店の営業に必要な業務の大半をひとりでこなした。

商品の注文、陳列、接客から掃除に至るまで、書店員の仕事は多岐にわたる。トワコさんからやり方をひととおり教わってはいたものの、単独でやるのは初めての仕事も多く、不安は常につきものだった。売り場を特設してフェアを展開するなどといった特別なことをやる余裕はとてもなく、とにかく大過なく乗り切ることを最優先に、いつもどおりの営業を坦々《たんたん》とこなした。

前職では何をやってもだめで、どうしようもなく無能だった僕が、ひとりでもお店をどうにか回せていることは驚き以外の何ものでもなかった。自分で思うほど、僕は無能じゃなかったのだろうか。それとも書店員の仕事が、たまたま性に合っていたのか。あるいは、この書店で半年以上にわたって働きながら、僕もそれなりに成長してきたということなのだろうか。

よく《天職》と人は言う。この世に天職というものがあるとして、ひとりにつきひとつと決まっているわけではない。音楽でも小説でもタレントとしても活躍できる人がいるように、天職が三つも四つもあるように見える――本人からしてみれば、天職だなんて言葉で片づけてほしくない、それぞれに一所懸命努力しているからやれるのだと思うのかもしれないが――人もいれば、数多くある職業の中から比較的マシなものを取り上げ、天職とも思えぬまま働くしかない人だってたくさんいるだろう。

天職という言葉は大げさだとしても、人それぞれ向き不向きがあるという話なら、多くの人がうなずけると思う。その向き不向きは、やってみなければ決してわからない。しかし、だからといって仕事なんてそんなにいくつも、洋服を着替えるように次から次へと体験できるものではない。最終的には、天職だと思い込めるかどうかという主観の話になるのかもしれないが、どうしたってそうは思えない仕事もあることを僕は知っている。だから、やってみなければわからないのに多くを試せないことを思うとき、人生とは何と残酷なのか、と嘆かずにはいられないのだ。

僕は天職ではありえなかった前職を辞め、いまは書店員として何とかやれている。その事実は僕に喜びをもたらした。天職と呼ぶにはまだ早い。もっと向いている仕事があるのかなと考える日もあれば、生涯書店員として働く姿を想像することもある。ただ、どちらにしても現時点では、トワコさんという屋根の下で雨宿りをしているに過ぎない。いつかこの仕事を天職と呼ぶため、あるいはほかの天職を探すために、屋根の外へと歩き出さなければという思いは芽生え始めている。

さて、ひとりでお店を回した、と偉そうに吹聴《ふいちょう》したけれど、正確には終始ひとりきりというわけでもなかった。

初日、つまり四日の午後のことだ。おばあさんと呼ぶには少し早いくらいの年ごろの女性が、九十九書店にやってきた。お客さんかと思いきや、そうではないという。

「あなたが佑さんね。何か、手伝うことはないかしら」

「えっと、そちらは……」

女性は目尻《めじり》にしわを作って微笑み、ゆっくりお辞儀した。

「トワコの母のタマエです。娘がいつもお世話になってます」

初対面だったので驚いた。しかし考えてみれば、トワコさんが引き継ぐまでは、彼女の両親が九十九書店を経営していたのだ。当然、家もこの近辺にある。これまで顔を合わせたことがなかったのが不思議なくらいだった。

トワコさんは九十九書店を大幅に改装したというから、勝手は何かと違うかもしれない。それでも、かつてこのお店を営んだ母親がいてくれるなら百人力だ。僕はさっそく、とまどったことや自信のない業務についてタマエさんに相談し、そのうちのいくつかに対する回答を得た。

そうしたやりとりも一段落し、こまごました仕事を済ませてしまったころ、僕は店内に客がいないのを確認して、レジを引き受けてくれたタマエさんと立ち話を始めた。

「トワコさんから、お店を手伝ってほしいと言われたんですか」

タマエさんは白髪交じりの髪を耳にかける。

「ええ。バイトの子がひとりで心細いだろうからって」

「じゃあ、彼女の身に何が起きているのかもご存じなんですよね」

「悩んだあげく過労で倒れるなんて、わが娘ながら頼りなくて困るわ。だけど、別れた旦那と再婚するかもしれないなんて聞かされたら、見守ることしかできないわよねえ」

タマエさんにとっても一大事なのだろうとは思うが、そのわりにおっとりした口調だった。トワコさんのあの雰囲気は、母親譲りなのだと知った。

「お母さまは当然、一ノ瀬さんのことも知ってるんですよね。復縁には賛成ですか、反対ですか」

「さあねえ。どのみち私が決めることじゃないから。娘は頑固ですしねえ」

笑ってしまう。トワコさんの頑固さは僕もよく知っている。

「でも孫はかわいいから、また会えることになるのなら、私としてはうれしいわねえ。いまはめったに会えないもの」

離婚によって引き裂かれたのは、母と娘ばかりではないのだ。

「それにしても、心強いです。お母さまがいてくださって」

「あら。私なんてもう、とっくに退いた身だわ」

「でも、昔取った杵柄《きねづか》と言いますから」

昔、という言い方は失礼かとも思ったが、タマエさんは微笑していた。

「見たところ、お元気そうですよね。それでもトワコさんにお店を譲ってからは、手伝ったりなさらなかったんですね」

「あの子が望まないようだったから。トワコが店を継ぐって言い出したとき、私たち夫婦は手も口も出さないでおこう、娘の好きにやらせようって決めたの。あの子は小さいときから、何でも自分で考えたとおりにやらないと気が済まないタチでねえ。よかれと思ってアドバイスしたり手を貸したりすると、すぐ怒るのよ」

そういう性格だから、ひとりで仕事を抱えすぎるのだ。

「トワコさんって、どんな子供だったんですか」

「とにかく自分の世界を持っている子だったわねえ。本を読むのも好きでね、わけても子供向けの偉人の伝記をよく欲しがったわ。『ヘレン・ケラー』なんて、絵本みたいに繰り返し読んでいたわよ」

ヘレン・ケラーか。あらためて説明するまでもないが、目と耳が不自由というハンデを負いながら、家庭教師のサリバン先生とともにたくましく生きて人々を感動させた女性の名だ。偉人たちの伝記は概して、彼らの血のにじむような努力の軌跡を著してあるから、その点がトワコさんの持っていたひたむきな部分に共鳴したのだろうか。あるいは逆にその読書体験こそが、彼女が仕事一筋になるバックボーンとなったのかもしれない。

「三つ子の魂百までというのかしら、娘のそんな性格は、大人になってもあまり変わらなかったみたいでね。だから、トワコがうちのお店を継いでくれるのなら、私たち親がそこにいても邪魔になるだけだと思ったのよねえ。いまとなっては、あの子が倒れる前に手伝っておけばよかった、とも考えてしまうのだけれど」

「僕がいながら、すみません」

「いいえ。あの歳になって自己管理もできない、トワコに問題があるのよ」

タマエさんはきっぱり切り捨てる。僕は頭をかいた。

「でも、あの子が瞬さんとやり直すと言うのなら、私たち両親がこの書店に戻ることになるのかしらねえ」

さほど面倒だとも思っていない口調で、タマエさんは言った。

「お母さまは、それでもいいんですか」

「差し当たり、そうなるぶんにはかまわないわよ。まだまだ体も動くし、この何年かは早めの老後みたいなものを味わわせてもらったけど、それも何だか張り合いがないしねえ」

この人もまた、仕事を愛する人なのだ。血は争えない。

「もっとも、地下のお店は私たちじゃどうにもならないけど……それとも、そちらは佑さんが継いでくださるのかしら」

「い、いいえ。僕、バーテンダーなんてとても」

顔の前で手を振る。それはさすがに荷が重い。

タマエさんは、冗談よ、と笑った。

「トワコが結論を出すまでは、あれこれ考えたって仕方ないわ。信じて、待ちましょ」

実の娘のことなのに、どこか他人事《ひとごと》のような調子だった。けれども僕は、薄情だとは思わなかった。家族といえども独立した人間であるトワコさんを、ちゃんと尊重していることが伝わってきたから。

その後もタマエさんは二日に一度の割合で、九十九書店を訪れて僕を手伝ってくれ、大いに助かった。ちなみにトワコさんの父親はというと、趣味の釣りやら映画鑑賞やらに勤《いそ》しんでいるとのことで、姿を見せはしなかった。

気の抜けない日々は足早に過ぎた。一週間の営業を終えた時点で、売り上げは平時と特に変わらず。そのことを鼻にかけるつもりはない。もうひとりでもやっていける、なんて思いもよらないことだ。たまたま売り上げが落ちなかっただけで、このまま最低限の営業を続けていけば、やがて客は離れていくだろう。ただ、それでも書店員として、というよりいち社会人として、この一週間の経験は自信につながった。

そして——トワコさんが、戻ってきたのだ。

9

その日、開店の午前十時を過ぎて間もなく、トワコさんが九十九書店に姿を現した。

「佑さん。お疲れさま」

「トワコさん！」

ガラス扉が開いたとき、トワコさんの後ろに射《さ》す陽《ひ》の光を見ながら僕は、彼女がふた足ほど早く春を連れてきてくれたような錯覚を味わった。一月の中旬にしては暖かい日だった。

「立派に働いてるようね。感心感心」

駆け寄った僕の腕を、トワコさんはポンポンと叩く。

「一ノ瀬さんとの生活は、どうなったんですか」

訊ねる僕をよそに、トワコさんは肩にかけていたトートバッグから生成りのエプロンを取り出して、身に着け始めた。普通に働くつもりのようだ。紐を結ぼうと手を背中に回したとき、花のような香りが漂った。

「あの人との生活、ねえ。それが……」

ため息をつくので、うまくいかなかったのかと思う。だが、続く言葉はその反対だった。

「何ていうか、悪くなかったのよねえ」

「……そうですか」

トワコさんが、僕の顔をのぞき込んできた。

「佑さん、どう反応していいかわからないって感じね」

「い、いや、そんなことは」

図星だった。ひとつの家族が再生しようとしている、それは祝福すべきことだと思ってはいた。しかし、トワコさんがこのまま一ノ瀬の家に住まうということは、十中八九、僕らの別れが遠からず訪れることを意味する。しかも、タマエさんは九十九書店に戻るのも悪くないと話していたが、その際あらためて彼女に雇われなければ、僕は失業してしまう。

それでもかまわない、と強がれるほど、心の整理ができているわけではなかった。

トワコさんと数秒、見つめ合う。先に目を逸《そ》らしたのは、彼女のほうだった。

「思いのほか、居心地よかったのよ。娘はかわいいし、あの人も優しいし。それに私は、家事が嫌いなわけでもない」

「じゃあ、復縁する方向に傾いてるってことですか」

「まあそう、結論を焦らないで」

突進する牛をかわすマタドールのような落ち着きぶりだ。

「現状、そういう空気になりつつあるのは確か。だけど、そうなったとき私が失うことになるものだって、これまでの私にとっては大切だったはずでしょう。だからこうして、いったん戻ってきたの。ちゃんと見比べる時間が必要だと思ったから」

なぜか僕はこのとき、トワコさんのことをちょっとだけ、ちくりと刺してやりたいような気持ちになった。見比べると言いながら、いざとなれば九十九書店やバー・タスクをあっさり手放しそうな彼女に、一抹の寂しさを覚えたせいかもしれない。

「一ノ瀬さんのこと、もう許したんですか。不倫されて、娘さんとも離れ離れになって、トワコさんが傷ついたのは事実なのに」

トワコさんは苦笑した。その表情に込められていた思いが、僕には伝わった。投げつけるような僕の言葉に、彼女は青さを感じ取ったのだ。

「私、あの人のこと許せなかった。離婚の原因が、彼の不倫だと思ってたから」

穏やかなその声音を聞くだけで、過ぎた話をしているのだ、とわかった。

「だけどね、今回、生活をともにしてみて思い出したの。私たち、初めはこんな風にうまくいってた。互いに思いやりを持って、幸福に暮らしてた。それがいつしかすれ違うばかりになったのは、忙しさにかまけてあの人の優しさや歩み寄りをないがしろにしていた、自分のせいじゃないかって……夫婦の不仲に明確な原因なんてなくて、さまざまなことの積み重ねである場合が多いんだろうけど、少なくとも私の態度がそのうちのひとつだったことは間違いないって気づいたのよ」

一ノ瀬は、あくまでもトワコさんの娘への愛情を問題視し、夫への対応については批判していなかったように思う。だが、一ノ瀬だってひとりの人間なのだから、妻からすげなくされれば心が離れることもあっただろう。

「あの人の不倫は離婚の引き金になりはしたけれど、あれは言うなればとどめの一撃で、それ以前に夫婦仲は破綻《はたん》していた。そう考えたら、いま重要なのは過去の罪を糾弾することじゃないって思えたの」

その説明を聞いて、心から納得したとは言いがたい。けれどもこれは、まわりがとやかく言うことではない。トワコさんがどう感じているかがすべてなのだ。

「それじゃ、一ノ瀬さんの過ちは不問に付すと決めたうえで、こっちの生活に戻ってきたんですね」

「ええ。これは私たち三人の人生を左右する、とても大事な決断だわ。たった一週間のお試しだけで、結論は出せない。あの人にも、その点は理解してもらってる。——娘を振り回すことになるのは、申し訳ないと思っているけれど」

重たくなりかけた空気を、トワコさんはパンと手を打って払った。

「とにかく、今日からまた働くからよろしくね。さ、仕事仕事！」

過労で倒れる直前のような、思いつめた様子はもう見受けられない。僕は、とりあえず彼女に《仕事》を課してよかった、と思った。結論はいまだ出ていなくても、彼女は一歩を踏み出せたようだったし、その役に立てたのがうれしかった。

――というわけで、それからしばらくのあいだ、トワコさんは元の生活に戻った。昼間は書店のレジに立ち、夜はバーのカウンターに立つ。また過労で倒れたりしないか、という懸念《けねん》はあったものの、本人いわく夜はぐっすり眠れているとのことだった。

未来と里中の常連組は、バー・タスクの営業再開を素直に喜んだ。とはいえトワコさんの気持ちがどちらに傾くのか、絶えず気がかりだったのは、僕だけでなく二人も同じだったろう。トワコさんには聞こえないところで、バーで過ごす時間が楽しければ一ノ瀬のもとへは行かないのではないか、なんて話をすることさえあったのだから。それでもトワコさんはにこにことしていて、里中が失恋するかどうかの瀬戸際で「どうするのか」と訊ねても、「どうかしらね」などと言いながらはぐらかすのだった。

そんな、ある種の小康状態は、しかし長くは続かなかった。

トワコさんが帰ってきて一週間ほどが過ぎ、そろそろ一ノ瀬との暮らしに戻ろうか、なんて話が出始めた、ある週末のことだった。

九十九書店に、ひとりの女性がやってきた。背は低め、歳はトワコさんより少し若いくらい。その強張《こわば》った表情を見て、僕はオリンピックで金メダルを取った女子柔道の選手を連想した。試合に臨む彼女とよく似た闘争心が、その女性からは発散されていた。

女性はつかつかと、レジに立つトワコさんのもとへ歩み寄る。どう見ても、客には見えなかった。

「いらっしゃいませ……あの、どこかでお会いしましたか」

トワコさんはきょとんとしながらも、何かが記憶に引っかかったようだった。女性はレジカウンターに両手を突くと、トワコさんのほうへ身を乗り出した。

「お願いします。一ノ瀬から身を引いてください」

トワコさんの目が瞬く間に驚愕《きょうがく》に染まる。しぼり出した声は裏返っていた。

「あなた、確か――」

女性は首を縦に振った。そして、穏やかでない名乗りを上げたのだ。

「一ノ瀬を、あなたから奪った女です」

10

目の前で、ダイナマイトの導火線に火がつけられたような心境だった。

なんと女性は、一ノ瀬とトワコさんが離婚する直接の原因を作った、一ノ瀬の不倫相手だというのだ。それがトワコさんの前に現れて、いきなり身を引けなどと言う。

僕はすっかり動転してしまった。トワコさんと女性とのあいだで、いまにもつかみ合いのケンカが始まるのではないかとすら思った。

しかし、トワコさんの対応は堂々たるものだった。

「申し訳ありませんが、ただいま当店の営業中でして、ゆっくりお話を聞く時間が作れません。よろしければ今晩、当店の地下にあるバー・タスクまでいらしてくださいませんか」

女性に対し、毅然《きぜん》とそう言い放ったのだ。

相手の女性にしてみれば、出鼻をくじかれた恰好《かっこう》だった。彼女はもどかしそうに歯噛みしたあとで、九時ごろにまた来ます、と言い残して書店を出ていった。その背中を見送ったあとで、トワコさんはぼそっとつぶやいた。

「――ハードな夜になりそうね」

さて、僕はその晩どうしたか。別に、タスクへ行く義理はなかったのである。トワコさんと不倫相手の直接対決を、僕が見届けなくてはならないいわれはないし、トワコさんもタスクへ来るようにと僕を誘ったりはしなかった。

だが、それでも僕はタスクへ行った。トワコさんが心配だったから、と言えば聞こえはいい。要するに、気になったのだ。怖いもの見たさ、野次馬根性そのものだった。しかしあんな場に居合わせた以上、無関心でいろというほうが難しい。

トワコさんはタスクの営業時間を、ざっくりとしか定めていない。書店を閉め、夕食をとったのち、ぼちぼちといった感じでお店を開ける。今宵《こよい》、僕が九時前にタスクのドアをくぐると、何も知らないはずの常連二人組はすでにカウンター席に座っていた。一ノ瀬の不倫相手が来る予定なのだと告げると、そろって目を丸くしていた。

それからほどなく、くだんの女性がひとりでタスクへやってきた。昼間と変わらぬ、ベージュのコートに白のニット、黒のパンツというコーディネート。店に入るとすぐに、タータンチェックのマフラーを外した。

空いている席の関係で、彼女は僕の隣に腰を下ろした。何でいるの、という視線を向けられた気がしたけれど、気づかなかったふりをした。

「お飲み物は」

トワコさんの問いに、女性はすぐさま答えた。

「いりません」

「そういうわけには。ここはバーなので。わざわざお越しいただいたのですから、お代は取りません」

「お金の心配をしていると思ってるんですか」

どうも、角が立ってよくない。トワコさんは微笑んだ。

「すみません、失礼な言い方をしてしまいましたね。お酒はお嫌いですか」

「そんなことは……」

「では、何か作らせてください。でないとこちらが落ち着かないのです」

つかの間の逡巡ののち、女性は注文した。

「じゃあ、ハイボールを」

かしこまりました、とトワコさんは言う。国産のウイスキーと炭酸、カットレモンを用いて手際よくハイボールを作った。

女性は、初めの数口はおそるおそるといった感じでハイボールを飲んでいた。しかしそのあとで、運動部の高校生が水分補給をするようにごくごくと飲み始めたので、僕らはあっけに取られた。

口元をぬぐい、女性は言う。

「わたし、八田《はった》薫子《かおるこ》といいます。ご存じかもしれませんけど」

「ええ。憶えています」とトワコさん。

「そうですか。じゃあ、ここ数年のわたしと彼の関係については？」

カウンター越しに、トワコさんは探るような目つきをした。

「何も聞かされていませんが」

八田はまた、ハイボールをごくごく飲んだ。

「わたしたち、ずっと付き合ってました。あなたと彼が離婚してからも、ずっと」

トワコさんが一瞬、目を伏せる。

「まさか、いまもお付き合いしているわけじゃないでしょう。いつまで？」

「ほんの二ヶ月前まで。一方的に捨てられました」

ほんの、の三音を八田は強調した。

このあたりの話は、トワコさんにとっても予想外だったようだ。何を言うべきか迷っているのが、彼女の仕草から読み取れた。

「……あの人、ほかに再婚相手を探すことは考えられない、と話していました。仕事が忙しくて男女の交際をする暇がない、という意味かと思っていました。でも、そんなことはなかったんですね」

「一ノ瀬って人の隠しごと、これだったんだよ」

未来が口をはさんだ。そう言えば彼女は以前、一ノ瀬がまだ隠しごとをしていると決めつけていた。確かにトワコさんとの再婚を望んでおきながら、最近まで別の女性と、それも離婚を招いた不倫相手と付き合っていたことを黙っていたのは、隠しごとと呼んで差し支えないだろう。未来がそれを見抜いたのだとしたら、さすが女性の勘は鋭い、とでも言うしかない。

「なぜ、最近になって別れたの？　捨てられた、って言ったけど」

トワコさんが親身になるそぶりを見せた。この人は、基本的にお人よしなのだ。困っている人を助けたがり、そのしわ寄せが僕に来たりする。

八田の声が、にわかに湿りけを帯びた。

「わたし、彼との結婚を望んでいたんです。交際期間が長くなるにつれ、その思いは強くなっていました。でも、彼は結婚に難色を示していて……そうしたところに最近、彼の仕事が急激に忙しくなったので、『会う時間を作るのが難しい』と。そのまま、別れを告げられてしまいました」

「なぜ、あの人はあなたとの結婚を拒んでいたのかしら」

ハイボールのグラスの外側を転がる水滴のように、涙が八田の頬を伝った。

「凪ちゃんが、どうしてもわたしのことを好きになってくれなかったからです」

交際中、何度も一緒に食事をしたり、一ノ瀬の家へ遊びにいったりしたのだという。けれどもどういうわけか、凪は八田にまったくなつかなかった。

「ママとは違う女の人だから、と頭で考えて嫌ってるような感じじゃないんです。何せ初めのころ、凪ちゃんはまだたったの二歳だったんですから。わたしの振る舞いや見た目の雰囲気、もしくは化粧品のにおいなんかを拒絶しているのなら直しようもありますけど、明確な理由がないのではどうにも……いまでもわたし、凪ちゃんに避けられています」

二歳でも頭で考えて嫌うことはあるのでは、とも思う。しかし凪の中に明確な理由があろうとなかろうと、その理由がわからなければ八田には対処のしようがないことに変わりはない。

「彼の仕事が忙しくなったとき、わたしは妻になってあなたを支えたい、とあらためて申し出ました。けれども彼は反対に、わたしとの別れを選びました。娘に我慢を強いたくないから、だそうです」

それだけ一ノ瀬が、娘の気持ちを大事にしているのだとも言える。でも僕は、目の前で鼻をぐしゅぐしゅ言わせる女性に、同情を禁じえなかった。

「わたし、彼のことをあきらめきれませんでした。それで、彼の家へ行ってみたりなどしているうちに、あなたが彼の家に出入りしていることを知ったんです」

だから、こうして直談判《じかだんぱん》に来た。彼から身を引いてくれないか、と。

「私が去ったからって、あの人があなたのもとに帰ってくるわけではないと思うのだけれど」

トワコさんの言い分はもっともだ。話を聞く限り、一ノ瀬が八田と別れたのはトワコさんの影響ではない。

うつむいた八田の横顔には、悲愴感《ひそうかん》が漂っている。

「わかっています。だけど、あなたと元の鞘に収まればどのみちわたしの出る幕はない。逆に、彼があなたに見捨てられたら、やっぱりわたしを頼ってくる可能性はあります」

「あなたの言うとおり、娘があなたを苦手と感じているとして、娘に我慢を強いたくないという、あの人の考えについてはどう思うの」

「わたしと一緒にいることで凪ちゃんがつらい思いをしてしまうなら、本当に申し訳ない気持ちです。でもわたし、凪ちゃんに好かれるためなら、どんなことでもするつもりです」

意固地《いこじ》になっているようにも見える。だが、八田の真剣さを僕なんかがどうして測れよう。八田だって本当は、自分のことを嫌いな子供の近くにあえていたくはないだろう。それでも本気で一ノ瀬を愛しているからこそ、ここまで必死になるのだと言われれば、少なくとも僕は信じられる。

しかし一方で、それは大人のエゴではないか、とも思うのだ。僕の母は再婚やその他同居を一度も言い出さなかったが、もしあの家に、僕が苦手だと感じる男性がいたらと想像するとぞっとしてしまう。だから八田がどれだけ熱意を持っていようとも、凪に我慢を強いることはできる限り慎むべきだ。

難しい問題だ。一ノ瀬ひとりではもはや家庭を支えきれなくなっていることが、さらに事態を複雑にしている。

トワコさんが息をついた。彼女の困惑で、吐息に色がついているようにすら見えた。

「悪いけど、あなたに言われたから引き下がる、ということはありません。それは、あまりにも無責任すぎる」

八田の洟《はな》をすする音が大きくなった。

「ただ私自身、復縁を受け入れるかはまだ迷っています。娘にとって、あるいはあの人や私にとって、どうするのが一番いいのか。もう少し、考える時間が欲しい」

短くはない沈黙があった。そのあとで、八田が唐突に席を立った。

「帰ります。遅くなるといけないから」

聞けば、八田は一ノ瀬の家からそう遠くないあたりに住んでいるという。楠田からだと、どんな交通手段を使っても一時間は優にかかるだろう。ここまで来るのも楽じゃなかったはずだ、と思った。

念のため、というトワコさんの提案で、二人は連絡先を交換した。八田が店を出ていったところで、トワコさんがつぶやく。

「あんな素敵な女性がいながら、私に戻ってくるよう頼むなんてねぇ」

深い意味のない言葉だったのだろう。彼女の苦悩は、その奥のほうににじんでいた。

「ますますこじれてきたな。どうするんだ、トワコさん」

里中が問う。トワコさんは八田の残していった、空になったグラスを回収した。

「今日のことは、あの人ともしっかり話し合わないとね。私、ようやくわかってきた気がするの」

「わかってきた、って何が」

「この件に関して、誰が何を決断しなければいけないのか、ね。――と、いうわけで佑さん」

「何でしょう」

名前を呼ばれ、背筋が伸びた。

トワコさんはにっこり笑う。そして、懐かしくすらある台詞《せりふ》を口にした。

「あなたに仕事を命じます」

11

そして翌週の、週末のことだ。

「……話って何ですか」

いぶかる八田とともに、僕はとある公園にやってきた。中央にある大きな噴水がシンボルの、広々とした公園だ。付近の住民にとって憩いの場なのであろうそこは、昼下がり、犬の散歩をする人や走り回る子供たちでにぎわいを見せている。

「少し、ここで待っててもらえますか。話の内容は、じきにわかりますから」

僕は八田を、噴水の近くにある木製のベンチに座らせた。寒さがそこまで厳しい日でなくてよかった、と思う。

八田と連絡を取り合って、今日この公園に連れてくること。トワコさんから課された仕事は、至ってシンプルなものだった。自分で呼び出したほうが手っ取り早いのでは、と僕は思い、事実そう口にしたのだが、それに対する彼女の説明は次のようなものだった。

「佑さんにも、その場にいてほしいのよ」

その真意がどこにあるのかはわからない。そこまでは、僕も問いただきなかった。

いきなり連絡をよこしてきた僕のことを、八田は警戒してもよかったはずだ。それでも彼女は《トワコさんのことで大事な話がある》と言った僕を疑いもせず、今日の呼び出しに応じてくれた。トワコさんに身を引かせるためなら、何にでもすがりたい心境なのかもしれない。

僕も八田の隣に座る。沈黙は気まずかったが幸い、長くは続かなかった。

「佑さん、八田さん」

後ろから声がかかり、僕らは立ち上がって振り向いた。トワコさんが立っている。その隣に並んでいる二人を見て、八田は口元に手を当てた。

「瞬……それに、凪ちゃんも」

一ノ瀬は、あぜんとした表情を浮かべていた。凪の手を引いている。彼女の被《かぶ》る、ボンボンのついた毛糸の帽子が、いかにも子供っぽくてかわいらしかった。

この公園が一ノ瀬の住む家からほど近いことを、八田は当然知っていたはずだ。それでも本人がここに現れるとまでは、予想していなかったらしい。

「どうして薫子がここに」

一方で一ノ瀬もまた、八田に会うことになるとは思いもよらなかったようだ。動揺する彼に、トワコさんが向き直った。

「あなた、大事なことを私に話していなかったでしょう。八田さんのおかげで知ることができたけど、そうじゃなかったら私、何も知らないままで決断していたところだった。だから今日、話し合いの場を設けることにしたの」

きまり悪そうな一ノ瀬とは対照的に、八田は早くも腹をくくった感がある。凪が、そんな大人たちを見比べていた。

「佑さん。しばらくのあいだ、この子を見ててくれるかしら」

トワコさんに言われ、なるほど、と思い当たった。僕が今日ここにいるのは、凪をあずかるためでもあったようだ。九十九書店を臨時休業にせざるを得なくなるのに、それでも巻き込まれた理由がわかった。

「凪ちゃん、こっちへおいで。お兄ちゃんと遊ぼう」

僕は両手を広げたが、凪は反対に一ノ瀬の脚《あし》にしがみついてしまった。元々、この子は人見知りなのだろう。何度も会っているという八田になつかないのも、その影響が大きいのかもしれない。

しかし、それでも大人の話し合いの場に、五歳児が居合わせるべきではない。一ノ瀬が背中を押すと、凪はしぶしぶといった感じではあったが、僕のほうに近づいてきた。トワコさんが、提げていたトートバッグを僕に渡す。

「よかったらこれ、読んであげて。凪は絵本が好きだから」

バッグを広げてみると、入っていたのは五冊の絵本だった。『ねないこだれだ』や『はらぺこあおむし』など、僕でも知っているような有名なものもある。

親の姿が見えなくなると凪が不安になるだろうから、そばの噴水のへりに腰かけることにした。絵本を開くと、すぐさま凪がのぞき込んでくる。

初めのうち、三人は近くに凪がいるのを気にしてか、声を潜めて話し合いをしていたので、その内容はこちらには聞き取れなかった。何を話していいかとまどっている空気があり、発言自体少なかったようだ。けれどもほどなくして凪がうつらうつらと船を漕《こ》ぎ出し、僕のひざを枕《まくら》にして眠ってしまうと、ようやくといった感じで会話が回り出した。

「八田さんという人がありながら、どうして私に復縁なんて求めたの」

トワコさんの詰問に、二人の女性のあいだで一ノ瀬はうなだれた。

「彼女とは、もう終わったんだ」

「わたしはそうは思っていない」

高い声を発した八田を、トワコさんが穏やかに制した。

「少なくとも、終わらせるつもりではあったのね。なぜそうしようと思ったの」

「……どうしても、凪が薫子になついてくれなかったから。凪の世話を薫子に頼むのは、凪にとっても、薫子にとっても不幸なことだと思った。負担を強いることだ、と」

「不幸になんてならないし、負担だとも感じてないよ」

八田の言葉はしかし、どこか上滑りしているようだ。一ノ瀬がため息をつく。

「そう言いながら、きみは凪に好かれないことを気に病んでいたじゃないか。こんなときに強がったって、誰のためにもならないよ」

「だって……」

「たとえきみが大丈夫だと言っても、凪がきみになつかない限り、ぼくは自分の都合で娘と恋人を振り回すだめな父親なんだという自責の念から逃れられない。それではぼくの気も休まらない。結局は、ぼくにとっても負担になるんだ」

「だから、好きでもない私に復縁を申し込んだの？」

トワコさんの声は、鋭くとがっていた。

「好きでもないって、そんな子供みたいなこと……」

「だってそうでしょう。夫婦をやめて二年以上も経つのに」

「だけど、その間も会ってはいた」

「凪に会うためにね。私たち二人のためではなかった。だいたい、そのときもあなたは八田さんとお付き合いしてたんでしょう。私には内緒だったけど」

言い出しにくかったんだ、と一ノ瀬が釈明する。

僕は凪の背中をそっと撫でた。彼女が眠っていて本当によかったと思った。親のこんな話は、五歳の子供には聞かせたくない。

「すでに離婚してたんだから、ぼくが誰と付き合っていようが、きみに報告する義務はなかったはずだ」

「そうね。でも、また夫婦に戻るかもしれないとなれば話は別よ。恋人を捨てておいて元の妻に復縁を申し込むなんて、はっきり言っていびつだわ」

「しょうがないだろう、凪はきみにしかなつかないんだから。あの子は人見知りが激しくて、初めは保育園にやるのも苦労したんだ」

その苦労を自分に押しつけていたくせに、と言外に責めるような響きがある。

「どうしたって薫子にはなつかないし、ほかに頼れる相手もいない。凪のことを思うと、母親であるきみに頭を下げるしかなかったんだ」

先ほどから、僕は一ノ瀬のもの言いにどこか違和感を覚えつつも、それが何なのかうまく説明できなかった。ところが、続くトワコさんの一言が、それを端的に指し示してくれた。

「あなたの気持ちはどうなるの」

一ノ瀬が、ふいを衝《つ》かれたみたいに固まった。

「ぼくの気持ちなんてこの際、どうでも……」

「どうでもいいわけないじゃない。とても大事なことでしょう」

人の言葉をさえぎるような話し方を、普段のトワコさんならしない。感情の昂《たかぶ》りが、こちらにまで伝わってくるようだった。

「あなた、私との結婚と離婚で何を学んだの。あなたが誰を愛していて、誰と一緒にいたいと思っているか。そういう気持ちに変化が起きたから、私たちは夫婦じゃいられなくなったんでしょう」

「だとしても、いまはきみにいてほしいと思ってるよ。娘のことを最優先で考えたら、それが一番だと思うから」

「そうやって凪のせいにして、自分のための決断から逃げているようにしか見えないのよ」

そのとおりだ、と思った。娘のためだということを強調すればするほど、一ノ瀬がトワコさんとの復縁を、仕方なく求めているように聞こえてしまうのだ。

あるいは一ノ瀬は、自身はトワコさんとの生活を望んでいないけれども、娘のことを思えばそうするしかないと本気で考えているのかもしれない。だが、いくら凪にとってはそれがベストでも、夫婦間ではやむなくというところから始まる生活が、果たしてうまくいくのだろうか。その疑問こそが、未婚ゆえに結婚というものに対して多少なりとも希望を抱いている僕の、違和感の源だったのだ。

一ノ瀬が、何かを言いかけて口をつぐんだ。トワコさんは続ける。

「凪のことはもちろん大事よ。だけどあなただって生きていて、凪の生活はあなた自身の生活でもあるのよ。なのにどうしてあなたの気持ちが、大事じゃないなんてことがある？

もし本当に凪のことだけを考えて、そのために自分を犠牲にできるのなら、私たちが離婚することも、あなたがこうして復縁を求めてくることもなかった」

僕はまた、凪の背中に手を置いた。少し寒いのか、芋虫のように体を丸めている。そんな娘につかの間、目を馳せてから、トワコさんはあらためて一ノ瀬に問うた。

「あなたは誰のことが好きなの？　誰と一緒にいたいと思ってるの。その気持ちを、娘のせいにしてごまかさないで」

一ノ瀬は、両隣にいるトワコさんと八田を見比べた。そして、頭で考えてというよりも、咳《せき》やおくびが自然と口を衝いて出るのと同じように、ひとつの答えを唇からこぼした。

「ぼくは――薫子のことが好きだ」

「瞬！」

八田が一ノ瀬の手を取った。その目は見る間に潤んでいく。

トワコさんが、微笑んだ。

「なら、決まりね」

その横顔が、ちょっと寂しそうに見えたのは気のせいだろうか。

一ノ瀬が、とまどった声を洩《も》らす。

「決まりって……」

「薫子さんを、奥さんとして受け入れる。どれだけ時間がかかっても、凪に家族と認めてもらえるように努力する。それ以外に、何か方法があって？」

一ノ瀬だけでなく、八田も不安そうな表情をしていた。トワコさんは二人の前に立ち、励ます。

「大丈夫よ。凪はいい子に育ってるから、きっといつかわかってくれる。どうか、あの子が嫌な思いをしなくて済むよう、できる限り気遣ってあげて。あの子が不幸になるようなことがあれば、私、承知しないから」

それからトワコさんは八田に向かって、深々と頭を下げた。

「——娘をよろしくお願いします」

八田はあっけに取られた様子だったけれど、それでもちゃんと返事をした。

「はい」

覚悟のほどが伝わってくる、力強い一言だった。

トワコさんは顔を上げると、きびすを返して僕らのほうへと歩いてきた。足音で目を覚ました凪の前に屈《かが》み、彼女と視線の高さを同じにする。

そして、言った。

「凪。よく聞いて」

凪がまぶたをこする。

「いまのあなたにこんなことを言っても、わからないかもしれないけど……私に、こんなことを言う資格なんてないのかもしれないけど」

その声は、震えていた。

「つらくなったら、いつでも私のところへおいで。いつまでも、私はあなたのママなのだから」

たぶん、トワコさんは一ノ瀬たちに、あえて啖呵《たんか》を切ったのだ。この子を不幸にするな、と。本当は、トワコさんの中にも葛藤《かっとう》があった。娘を手放した自分に、そんなことを言う筋合いはあるのか——それでも、言った。娘のために、言わねばならないと思ったから。

伝わったのか定かではないが、凪は母親の言葉にこくんとうなずいた。トワコさんは立ち上がり、僕のほうを向いた。

「行きましょう。佑さん」

「あ、はい」

振り返らずに、トワコさんは去っていく。僕はその背中を追いかけた。公園の砂を踏みしめる音が、耳に響く。

本当に、これでよかったのだろうか。トワコさんの言うとおり、一ノ瀬や八田の気持ちも、もちろん何ものにも代えがたく大事だ。だけど、トワコさんはいまの決断によって、家族が再生するための、おそらく最後になるであろうチャンスを逃したのだ。

けれども僕は、トワコさんに声をかけることができなかった。僕が心配するくらいのことを、トワコさんが考えなかったはずはないから。彼女もたっぷり時間をかけて悩み、体を壊すほど悩み抜いて、今日、やっとひとつの結論を出したのだ。それに対して、僕なんかが言えることは何もない。

彼女の決断が正しいかどうかなんて、いますぐわかるわけがない。というより、世界じゅうの哲学者が語ってきたように、決断自体に正解も不正解もなく、その後の行動によって正解にしていくしかない。その試みに成功したかどうかは、いつか過ぎた時間が教えてくれるはずだ。僕らはただ、選んだ道を精いっぱい正しさに近づけていくだけだ——天は、みずから助くる者を助くのだ。

「佑さん」

トワコさんに呼ばれたので、僕は足を速めて彼女の隣に並んだ。

「お腹空《なかす》かない？　中華でも食べにいきたいわねえ」

それは食事をとるには中途半端な時間で、僕は正直、ほとんど空腹を感じていなかったのだけれど、うなずいた。

「いいですね。ぺこぺこですよ」

「駅前に、おいしそうな中華屋さんがあるのを見つけたのよ。私、麻婆豆腐《マーボーどうふ》が大好きで……」

楽しそうに語る彼女を、盗み見る。

その横顔は美しく、僕はどうしてか、ちょっとだけ泣きそうになった。

——そしてまた、トワコさんの元どおりの生活が始まる。

12

「就職活動、しようと思うんです」

バー・タスクのカウンターにて言うと、里中と未来、そしてトワコさんはそろって目を丸くした。

一ノ瀬たちとの話し合いの日から十日ほどが過ぎ、トワコさんがいなかった日々のことも静かに忘れ去られようとしていた。今宵、いつものように未来はきれいな色のカクテルを、里中はウイスキーを、トワコさんはミルクを飲んでいた。そんな中、僕だけが慣れないシェリー酒を注文したのは、遠い昔、日本の小学校の保健室で、気つけ薬としてシェリー酒が常備されていたことを聞きかじったからである——僕はこの日、就職活動を始めることを宣言するつもりでいた。

「うちの書店、辞めちゃうの？」

トワコさんが、まだ不安や寂しさをともなわない純粋な驚きを示しながら問う。

「いますぐ仕事が決まるとは思えないから、当分は引き続きお世話になると思いますけど。

決まったら、たぶん辞めさせていただくことになるかと」

「それはまた、どういう心境の変化なのかしら」

僕はシェリー酒を口に含む。舌の奥の方が、カッと熱くなった。

「トワコさんに拾ってもらう形で、仕事にありつくことができました。前職では何の役にも立たなかった僕を、曲がりなりにも書店員として、ひとりでお店を回せるくらいにまで育ててもらって……まあ、ときには無茶な仕事を言いつけられもしましたけど」

僕が笑うと、トワコさんもつられたように笑った。

「それでも居心地がよくて、ずいぶん甘えさせてもらいました。でも、いつまでもこのままじゃいけないと思い始めたんです」

トワコさんは、娘の凪を八田に託すという決断をした。それは、凪にとっては試練となる選択かもしれない。血のつながった五歳の娘ですら、甘やかされるばかりではないのだ。なのに大人の僕が、トワコさんに甘え続けていいわけがない。

「この二月で、前職を辞めてちょうど一年になるんです。一年前には、この世の中に僕に勤まる仕事なんて存在しないんだとしか思えませんでした。だけどいまでは、もう一回くらい挑戦してみてもいいのかな、という気持ちです。もちろん、次も全然だめかもしれません。でも、もしかしたらこんな僕でもやっていける職場に出会えるかもしれない。九十九書店が、そうだったように」

そこにいる人たちの温かい眼差しに励まされ、僕は自分に言い聞かせるように続けた。

「がんばります。僕に自信を取り戻させてくれた、トワコさんと九十九書店のためにも」

「いいぞ！　その意気だ」

里中がグラスを持ち上げる。氷がカランと鳴った。

「応援してる。ま、あたしもフリーターなんだけどね」

未来は出会ったころと変わらず妖艶《ようえん》だ。

そして、トワコさん。僕の双眸《そうぼう》をじっと見つめ、相好を崩した。

「がんばってね。佑さんなら、大丈夫」

「はい。ありがとうございます」

頬が熱くなるのを感じる。宣言したからには、しっかりやらないと。そう考えたら、これからまた忙しくなる。

「よーし、それじゃ今夜は前祝いだ！　トワコさん、もう一杯」

里中がグラスを差し出す。トワコさんは受け取りながら、思いがけないことを言った。

「私もお酒、いただいちゃおうかしら」

「えっ。トワコさん、お酒飲むんですか」

このお店では、彼女がミルク以外のものを飲むところを見たことがない。

トワコさんはちろりと舌を出して、

「飲み始めたら、止まらなくなっちゃうのよね。それでは採算が取れないから、普段は控えてるってわけ」

それから彼女は自分のためにビールを注《つ》ぎ、僕と未来にも新しいお酒を用意してくれる。

四人でグラスを合わせた。

「では、佑さんの前途を祝して――乾杯！」

それから僕らは、べろんべろんになるまで飲んだ。トワコさんの酒豪、というか酒乱っぷりはすさまじく、僕は《仕事》を命じられて歌わされたり、一発芸をやらされたりとさんざんな目に遭った。横暴なトワコさんの姿を見て里中は百年の恋も冷めたような顔をしていたし、未来はいい結婚相手を紹介しろと僕に迫りながら涙を流していた。それでもすごく楽しい夜で、僕はこんな時間がずっと続けばいいのにと思い、まあ次の日には飲みすぎたことを後悔しつつ九十九書店に出勤するはめになるのだけれど、驚くべきことにトワコさんはその日もけろりとして届いた本を運んでいた。

13

そして僕はいま、宣言どおりに仕事探しをしている。

前職を退いて以来、久々にスーツに袖を通した朝。母が、僕の姿を見て言った。

「どうしたの。そんなにおめかしして」

何となく照れくさくて、再就職を考えていることを、このときまで話していなかったのだ。

「そろそろ仕事、探そうと思って。いつまでもアルバイトってわけにもいかないしね」

わざとぶっきらぼうに言うと、母は《ふうん》とだけ返事した。喜ぶでも、励ますでもなく、「髪を切ってくる」とでも報告したときと変わらないくらいの反応の薄さである。

ややもの足りなさを感じつつも、そんなものか、と思いながら家を出た。楠田駅まで歩いて、繁華街方面に向かう電車に乗り込む。それから、携帯電話を見た。

一通のメールが届いていた。母からだった。

ついさっきまで顔を合わせていたのに、何の用件だろうといぶかりつつメールを開く。

そこには、次のように記されていた。

〈いい報せが聞けるのを楽しみにしています〉

思わず微笑んだ。同時に、涙が出そうになった。

期待していてほしい、などと返せるほどの自信はなくて、僕はそのメールに返信できなかった。それでも、背筋は伸びた。いくらかスーツが似合うようになり、それは採用試験や面接の場で、間違いなく有利にはたらくだろう。

やっぱり僕は、母には一生、頭が上がらない。

――仕事。生きるうえで、多くの人が避けては通れないもの。そして、ときには生きがいにもなりうるもの。

一年前、僕は仕事のせいで壊れそうになっていた。辞めてみてわかった。自分を壊してまでやるべき仕事なんて、絶対にこの世に存在しない。生きるために仕事をするのであって、仕事のためだけに生きるのではないから――仕事は人生の重要な部分ではあるけれども、あくまでも一部であって、すべてではないのだ。

でも、わかっていても忘れそうになることもある。仕事が人生の、ほとんどすべてになってしまうことも。がんばらなきゃ済まない日は来る。楽な仕事なんて、たぶんないのだろうと思う。無理をして、つらくなってしまったとしても、それは本人が愚《おろ》かなわけじゃない。そういうときもあるだけのことだ。

僕もこの先、また自分を追い込んでしまうことがあるかもしれない。だけどもう、壊れそうになったりはしないだろう。九十九書店で過ごした日々が、僕を支えてくれるから。僕にもできる仕事がどこかにはあるのだと、自信を持って言えるから。

天はみずから助くる者を助く。いつか、バーの店名の由来として教えてもらった言葉だ。そうなることを信じて、ほかの誰よりも大事な自分のために、がんばっていこうと思う。

いつか、ふさわしい仕事に出会えることを願って――。

九十九書店の地下には秘密のバーがある。そこでは世にも奇妙な《仕事》が、人生の昏い穴に落ちてしまった人を待ち構えている。

今宵、そのバーに足を踏み入れて、新たな仕事を課せられるのは——。

さあ、愛読書片手に、目の前の扉を開いてみよう。好きなお酒に口をつけたら、あなたはもう、穴の中から自分を助け出すための一歩を踏み出している。

BOOK LIST

九十九書店のブックリスト

1ST TASK『告白』

『生れ出づる悩み』
有島武郎 ―― 集英社文庫

『三四郎』
夏目漱石 ―― 新潮文庫

『センセイの鞄』
川上弘美 ―― 文春文庫

『自助論』
サミュエル・スマイルズ　訳・竹内 均 ―― 知的生きかた文庫

2ND TASK『飼育』

『きみはペット（全14巻）』
小川彌生 ―― 講談社

『まんが版シャーロック・ホームズ全集2 まだらの紐』
小林たつよし　原作・コナン・ドイル　監修・小林 司、東山あかね ―― 小学館

『白い犬とワルツを』
テリー・ケイ　訳・兼武 進 ―― 新潮文庫

『きらきらひかる』
江國香織 ―― 新潮文庫

『美女と野獣』
ボーモン夫人　訳・村松 潔 ―― 新潮文庫

3RD TASK『破局』

『グレート・ギャツビー』
スコット・フィッツジェラルド　訳・村上春樹 ―― 中央公論新社

4TH TASK『再生』

『幸福論』
アラン　訳・石川 湧 ―― 角川ソフィア文庫

『おもしろくてやくにたつ子どもの伝記7 ヘレン・ケラー』
砂田 弘 ―― ポプラ社

『ねないこだれだ』
せな けいこ ―― 福音館書店

『はらぺこあおむし』
エリック・カール　訳・もり ひさし ―― 偕成社

本書の執筆にあたり、天狼院書店店員（当時）の
今村有美さんにお話を聞かせていただきました。
厚く感謝申し上げます。

初出一覧

1st Task『告白』「ランティエ」2017年4月号

2nd Task『飼育』「ランティエ」2017年7月号

3rd Task『破局』「ランティエ」2017年10月号

4th Task『再生』「ランティエ」2018年2月号・同4月号

ハルキ文庫

お20-1

九十九《つくも》書店《しょてん》の地下《ちか》には秘密《ひみつ》のバーがある

著者　岡崎琢磨《おかざきたくま》

2018年11月18日第一刷発行

発行者　角川春樹

発行所　株式会社角川春樹事務所
〒102-0074 東京都千代田区九段南2-1-30 イタリア文化会館

電話　03(3263)5247(編集)
03(3263)5881(営業)

印刷・製本　中央精版印刷株式会社

フォーマット・デザイン　芦澤泰偉
表紙イラストレーション　門坂 流

本書の無断複製(コピー、スキャン、デジタル化等)並びに無断複製物の譲渡及び配信は、著作権法上での例外を除き禁じられています。また、本書を代行業者等の第三者に依頼して複製する行為は、たとえ個人や家庭内の利用であっても一切認められておりません。
定価はカバーに表示してあります。落丁・乱丁はお取り替えいたします。

ISBN978-4-7584-4212-1 C0193 ©2018 Takuma Okazaki Printed in Japan
http://www.kadokawaharuki.co.jp/ [営業]
fanmail@kadokawaharuki.co.jp [編集]　ご意見・ご感想をお寄せください。

ハルキ文庫

ティファニーで昼食を
ランチ刑事《デカ》の事件簿

七尾与史

室田署刑事課の新人・國吉まどかは「警視庁随一のグルメ刑事」と呼ばれるほどの食いしん坊。そんな彼女が注目しているのが、署の地下にある食堂「ティファニー」。「絶対味覚」を持つ謎めいた天才コック・古着屋護が作るランチの前には、古株の名刑事も自白を拒む被疑者もイチコロ!? 人気作家が描くグルメ警察ミステリー。

大好評発売中

ハルキ文庫

ハレのヒ食堂の朝ごはん

成田名璃子

吉祥寺にある「ハレのヒ食堂」は、朝ごはんの専門店。料理はどれも抜群に美味しいのに、この店がいまいち流行らないのには理由があって——。ワケあり同士、ふたりの女性が切り盛りする小さな食堂の奮闘を描く、幸福な物語。

大好評発売中

ハルキ文庫

金曜日の本屋さん

名取佐和子

「北関東の小さな駅の中にある本屋は“読みたい本が見つかる本屋”らしい」というネット上の噂を目にした大学生の倉井史弥。病床の父に以前借りた本を返すように言われたが、じつは失くしてしまっていた。藁にもすがる思いで、噂の駅ナカ書店〈金曜堂〉を訪ねるが——。人と本との運命的な出会いを描くハートウォーミングストーリー！

大好評発売中

ハルキ文庫

夢みるレシピ
ゲストハウスわすれな荘

有間カオル

家族とはうまくいかないし恋も不調、自分を抑えて生きてきた、そんな千花が故郷を飛びだし辿り着いたのは、マイペースなオーナーと、しっかり者の翔太が経営する東京・山谷のゲストハウス「わすれな荘」。個性豊かな住人たちとの賑やかな日常に、千花の心もほぐれていく。でもみんな、それぞれに事情を抱えているようで……。とびきり温かで美味しい、ひと冬の物語。

大好評発売中

ハルキ文庫

共犯関係

秋吉理香子・友井羊
似鳥鶏・乾くるみ・芦沢央

わたしたちは永遠の共犯者。二度と離れることはない——(「Partners in Crime」)。夏祭りの日、少年は少女と町を出る(「Forever Friends」)。難病におかされた少年に起こった奇跡(「美しき余命」)。《交換殺人してみない？》冗談のはずが、事態は思わぬ方向に(「カフカ的」)。苦境の作家の会心作。だが酷似した作品がインターネット上に——(「代償」)。五人のミステリ作家が描く、共犯者たち。驚愕のアンソロジー。

大好評発売中